深夜曖昧告白

Middle —— 著

Late Night Confessions

Contents 目錄

第一章／Ocean Eyes …………………………… 4

第二章／白色恤衫 …………………………………… 18

第三章／我一時想不起在哪裡見過你 ………………… 40

第四章／深夜滑行回憶 ……………………………… 64

第五章／第一位訪客 ………………………………… 84

第六章／不可以去問的問題 ……………………… 106

第七章／從台北學成歸來之前 …………………… 134

第八章／ 曖昧的儀式感…………………………… 160

第九章／ 你可以閉起雙眼嗎………………………… 184

終幕 ……………………………………………… 208

後記 ……………………………………………… 218

Late Night Confessions

第一章

/

Ocean Eyes

「為什麼大家都寧願選擇和另一個人曖昧,而不會正正常常地跟對方談戀愛、做一對正式的情人?」

12月25日晚上,在位於香港半山獨立屋的一個聖誕派對裡,可汶看著舞池裡正在跳舞的許然和陳映珍,忽然若有所思地說起這一番話。

坐在她身旁的傅浚,本來正物色這晚派對的舞伴,他往可汶的視線望去,只見舞池中央的許然正一臉緊張地,輕擁陳映珍跳著慢舞。傅浚微微苦笑一下,回道:「你這番話,是想說許然,還是想說陳映珍呢?」

可汶翻了一下白眼,反問:「Why not both ?」

 有一種曖昧,是你知道你們不應該再如此下去,但是你又不捨得這樣放手。

傅浚呼口氣，說：「他們是不是寧願選擇曖昧，我不太清楚，但我大概能夠猜到，他們是基於什麼原因，而一直陷在這種曖昧不清的關係裡。」

「是什麼原因呢？」

「你之前沒聽說過嗎？」

看見傅浚像是有點意外的眼神，可汶微微冷笑一下，說：「我只知道中學畢業後，這幾年來他們兩人都一直在曖昧，但是始終沒有在一起。」

傅浚拿起紅酒，緩緩喝了一口，又看了舞池中的許然一眼，過了一會才說：「許然選擇曖昧的原因，是知道陳映珍不會和自己在一起，所以寧願以一個好朋友的身分，讓自己可以繼續留在她的身邊。」

「好朋友，會在情人節時送對方名貴禮物，訂高級餐廳和對方慶祝嗎？」

可汶會這樣反問傅浚，是因為過去幾年的情人節，許然都會在 IG 分享，自己怎樣和陳映珍相約慶祝。第一年，他訂了一間昂貴的高級餐廳，送了最新的智能手機給她做禮物。第二年，他訂了一間網紅酒店的名貴套房，在維港夜景前，送了她一對 Tiffany 鑽石耳環。第三年，他訂了日本山梨縣一間精品酒店，在富士山下為她親手戴上一只閃亮的戒指。

最初可汶看到許然的貼文，曾以為陳映珍已經是他的女朋友。直到後來在聚會時，聽其他同學聊起，她才知道許然和陳映珍仍然只是好朋友關係。有些同學和許然相熟，知道許然是喜歡陳映珍，但據說他從來沒有認真展開追求。雖然兩人時常都會相約見面，態度親密，但他們也未有過半點超越朋友的舉動和行為，別說接吻和牽手，就連擁抱也是從未有過。

但每年的情人節，甚至其他節日和生日，可汶還是會在 IG 看到，許然隆重其事地為陳映珍慶祝。那種親密的程度，說是情人但又不是情人，若說是朋友，又會有一種讓人說不出來的不協調。漸漸可汶對於他們一直這樣曖昧不明，感到有點不解與厭惡。雖然未至於會主動疏遠他們，但是她也不會想和他們有任何往來。

傅淩輕嚐一口紅酒，說：「據說，那些高級餐廳和名貴禮物，是許然單方面想要這麼做，每一次陳映珍都將禮物退回去，也有付她自己那一份晚飯與酒店的錢。」

喜歡這一個人，是你所做過最不確定、但是也最堅定的一件事情。

「竟然？」可汶像是不能置信。

「是啊，竟然。」傅浚也是一臉不解，微笑著說下去：「還以為，陳映珍是那種貪慕虛榮的漂亮女生，把許然當作一名觀音兵，有心要吃他的、穿他的……但竟然不是這樣。」

「那為什麼……許然還要這樣去為她慶祝呢？」

「倒不如問，為什麼他仍然選擇用這種方式，和陳映珍曖昧吧？」傅浚又喝了一口酒，續說：「每次有人問他，他對陳映珍這樣好，但又不會對她展開追求，是不是因為真的太喜歡陳映珍，喜歡到可以不問回報……但每次許然就只會以微笑當作回答，漸漸大家也不想再為難他。」

「用朋友的身分，不斷付出情人的關心與努力，不會累嗎？」可汶看著舞池中的許然，嘆說。

「又或者當事人心甘情願，覺得這種方式的付出才是最恰當、最理所當然？」

「那……陳映珍應該也知道許然喜歡她吧？她不可能裝作不知道吧？」

「她應該知道的。」

「她喜歡許然嗎？如果她不喜歡許然，但又一直容許他對自己付出，那不是也很自私嗎？但如果她其實也喜歡許然，可他們也始終沒有在一起，不是也浪費彼此的時間嗎？」

「我猜，陳映珍是不想失去許然這個好朋友吧。聽說他們兩人從小學一年級就已經認識了，每一年也同班，可以說是名副其實的青梅竹馬。」

可汶揚一下眉，說：「你這樣說的意思是⋯⋯她不喜歡許然嗎？」

「這一點沒有人可以確定呢。」傅浚又看著舞池中的陳映珍，緩緩說下去：「我們中學畢業後，基本上還會與陳映珍保持聯繫的人，就只剩下許然。大家都猜，陳映珍這幾年來，一直都未能放下中五時的那段初戀，所以才沒有和許然在一起。」

「中五⋯⋯不是已經三、四年前的事了嗎？」

「但你還記得嗎，她那時候，在班上有好幾次哭紅了雙眼，甚至有傳聞說她想過自殺，後來是因為有許然的陪伴，她才漸漸從傷痛中復原過來。」

可汶抿了一下嘴，像是對傅浚的話感到有些不是滋味。過了一會，她輕輕地說：「就算她忘不了前任，也不應該這樣浪費別人的青春。」

「有時候，在我們外人眼中，那是浪費，但在他們心裡，可能這才是有意義的生活？」

「你是真的這樣想嗎？」可汶皺眉看著傅浚。

「我只是嘗試表述某種價值觀，不等於我對此認同或不認同。」傅浚不在乎地聳聳肩，又看了一眼陳映珍，說：「說實在的，有些人會寧願生活大苦大甜，留下深刻的回憶，也不想最後什麼事情都沒有發生，徒留空虛遺憾。」

「但如果是我⋯⋯嗯，如果我是許然，我才不會為一個不會跟自己在一起的人，不明不白地曖昧，虛耗自己的認真與熱情。」

「那如果你是陳映珍呢？」

「哼,我一定不會再和許然往來。」

「是怕他會越來越喜歡自己嗎?」

「不是呢⋯⋯如果我本來就只當他是好朋友,但是他原來一直都喜歡我,我會覺得所有事情會變得很複雜⋯⋯或者應該說,這段友誼已經出現了不一樣的雜質。我希望可以和他友誼永固,但原來他是想和我做情侶,我很難不去顧慮,他平日的一言一行,到底是因為我是他的好朋友而自然地發生,還是他有心想要討我歡心,才刻意去為我而做?」

傅浚忍不住失笑一下,說:「有必要分得這麼清楚嗎?兩個人會成為朋友,有時本身也帶著一點喜歡,才會繼續維繫下去啊。」

但可汶立即反駁:「朋友的喜歡,與情人的喜歡,我向來都分得很清楚。是朋友就是朋友,又怎可以將愛情的感覺混為一談。」

「嗯⋯⋯都忘記了,你是有點精神潔癖呢。」

「怎樣也比你好啊,來者不拒。」她朝傅浚做了一個鬼臉,

 其實你知道,你們之間不會有答案,但你仍然在等待一個結局。

又問：「看了這麼久，這夜有沒有找到合眼緣的對象？」

傅浚嘆了口氣，搖頭說：「這晚比較少新面孔。」

可汶環看一下派對四周，也有相同的感覺。這晚來參加派對的，大多數是以前中學認識的舊同學。場裡有七、八名女生應該是陪朋友來參加，但可汶相信傅浚不會對她們感到興趣。

「感到悶了嗎？」傅浚問她。

「有點眼睏，昨晚我很晚才睡。」

「那麼不如走吧。」

「我想多待一會。」可汶回他，她見傅浚還沒找到舞伴，而且時間還早，不想掃他的興。

過了一會，又有三個打扮漂亮的女孩來到派對，可汶注意到傅浚雙眼開始發光。果不其然，他首先去了一趟洗手間，出來後就直接走向其中一位最可愛的女生跟前，用他招牌的無敵笑臉邀請對方共舞，而女孩也很快地大方答應了。

可汶看了一會，傅浚眉開眼笑地和女孩跳舞聊天，然後又看了一眼已經坐在一旁休息、舉止親密曖昧的許然和陳映珍，忽然感到索然無味，於是拿起自己的外套與皮包，向這晚舉辦派對的主人家 Samantha 和她的父母禮貌道別，之後就一個人離開了獨立屋。

看看手錶，還只是晚上九點。她往附近的巴士站走去，打算乘車到中環碼頭，再轉乘渡輪去尖沙咀遊逛。

然後在這時候，她看到有一個男生，也和她一樣，一個人從獨立屋離開，並往巴士站的方向前進。

男生看上去大約二十歲，高挑身形，濃密短髮，穿著合身的棕色外套，黑色樽領上衣和黑色修身長褲，再配上一對黑色皮靴。有一刻可汶以為，眼前的人是正在走 cat walk 的模特兒。

可汶站在巴士站的右側等車，男生走到巴士站左側，和她相隔大約四個身位停下。她留意到男生使用的是最新款的 iPhone，當他撥動手機螢幕時，右手食指與中指的銀色戒指不斷閃閃發亮，讓她忍不住看了幾眼。

等了一會，巴士駛到車站，可汶上了車，在車廂後排左側

然後偶爾你會想，是不是就只有你，將這段關係看得太認真。

一個位子坐下，男生則坐在她前一排的右側位子。這時男生沒有再撥手機，就只是從懷裡拿出耳機，看著車窗外聽歌。本來可汶也是習慣上車後，就會拿出自己的耳機聽歌，但不知為何，她此刻竟然忘記了這個習慣。

這晚的道路尚算暢通，巴士很快從半山去到中環，乘客開始在不同的車站下車，但男生一直沒有稍動，可汶開始猜想，他會不會也是在中環碼頭下車。

結果，到了中環碼頭，可汶首先下車，又忍不住轉身回望一下，見到男生下車後就往摩天輪的方向離去。可汶看了一下他遠去的背影，也沒有多想，一邊拿出手機回覆傅浚的訊息，一邊往中環碼頭走去。

碼頭附近，滿是這夜出外慶祝聖誕節的人群，有一家四口的家庭，也有很多一雙一對的情人。可汶不是不習慣一個人逛街，但這晚心裡總覺得有點莫名的孤單。她付了船費，走進碼頭裡，只聽到開船的鈴聲響起，她連忙提起腳步，趕及在閘門關上前走到甲板，再匆匆乘上渡輪。

因為渡海的乘客太多，幾乎所有座位都已有人入坐。可汶找了好一會，才在一個窗邊位置找到空位，這時小輪也開始要啟航了。

可汶看出窗外,默默調整有點紊亂的呼吸。忽然她感到,旁邊的乘客像是離座了,最初她也沒有理會。只是過了一會,又有人坐在了身旁,同時間她聽到了極微約的音樂聲。她心裡一動,微微轉過臉去看,只見現在坐在自己旁邊的,竟是剛才在巴士站遇到的那位男生。

男生依然低頭撥著手機,彷彿沒注意到身旁的乘客,就是同樣搭乘巴士下山的可汶。但可汶轉念一想,其實沒有注意到也很平常,就例如她已經不記得,剛剛在巴士裡還有哪些乘客、他們的服飾打扮,只因為自己的注意力,都已經投放到這個男生身上。

她輕輕呼一口氣,讓自己的視線再移回窗外,沒再稍動。只是她的右耳,彷彿聽到男生耳機的音樂聲。她一度懷疑是自己的心理作用,因為她聽到的歌曲,竟然是她很喜歡的〈Ocean Eyes〉。

當下她很想求證,但下一秒她又反問自己,可以如何求證。難道直接去問對方嗎?自己連一句話也沒有跟他說過,自己和他本來就是陌生人。她只好放棄再想,一邊聽著若有若無的歌

或許,他是對你有點好感,就只是沒有你對他這麼多。

聲，一邊看著窗外的海港夜色。

然後她記起，自己是第一次，看著海，坐在渡輪上，聽〈Ocean Eyes〉這首歌。一種從未有過的感覺，在心底裡逐漸蔓延。小輪不一會便駛到尖沙咀碼頭外，可汶忽然察覺音樂聲消失了，她鼓起勇氣轉臉回看，男生原來不知道在何時已經離座。是準備下船嗎？可汶於是站起來，想搜索男生的身影，但就在這時候，船艙響起可以下船的提示聲，乘客都紛紛起身準備排隊下船。可汶想再往前走，但是已經不可能。

五分鐘後，她站在尖沙咀碼頭前，看著熙來攘往的遊客，想再尋找那個男生的身影，但又不明白自己為什麼還要尋下去。她從懷裡拿出自己的耳機，在手機裡播起〈Ocean Eyes〉這首歌，往回家的巴士站方向走去。

只是心裡那點孤單感，也變得越來越強烈。

Side Chat 01

M：曖昧過，但沒在一起的人，之後還會做朋友嗎？

D：我覺得不可能吧。

M：為什麼覺得不可能呢？

D：如果其中一方還是想在一起，那麼就很難再繼續做朋友。

M：但如果雙方都沒有說過想要在一起呢？

D：沒有說過，但也會有想過吧……其中一方會想，如果可以在一起，就好了，而另一方也會想，他會不會仍然想和我在一起，他繼續和我做朋友，會不會代表還沒有死心。

M：想繼續做朋友，如果這就代表還沒有死心……那麼就只剩下不再做朋友，這樣才能夠證明自己別無用心嗎？

D：通常都是這樣吧。

M：這樣不是很不公平嗎？

D：本來就是不會公平⋯⋯首先動心的人，從各種層面來說，就是早已輸了。

M：但可能這兩個人⋯⋯本身都真的是想要和對方做朋友啊？

D：只是誰可以完全肯定到呢？尤其當這兩個人，是漸漸變得不再曖昧，可能也已經不會再交心、不會再對話了，那與其繼續猜想對方的想法，倒不如漸漸疏遠，不要再牽起更多漣漪，這樣可能反而更好。

M：但還是會覺得這樣有點可惜。

D：嗯，只是你本身也不缺朋友，是嗎？

第二章

/

白色恤衫

「你還不承認，自己在聖誕節那天，其實就已經沉船了？」

後來，傳浚不時都會問可汶這個問題。

但每次她都會覺得，他是在取笑她。

「我那晚只是搭船去尖沙咀，沒發生什麼沉船事故好嗎。」

「是的，你沒沉船，但那晚你變得很不像你自己。」

「你又不在我身邊，你又怎會知道？」

「如果我不知道，我們過去這十年就白認識了。」

最快樂的時候，你們就像是一對戀人，但是又不會像戀人那樣甜蜜。

可汶無話可說。

「如果再讓你重來一次，你還是會這樣子沉船吧，對嗎？」

聽到傅浚這樣問，她沒有再反駁，也沒有再回答。

如果再重來一次，自己還會沉船嗎？

其實這個問題，她已經問過自己無數遍。

只是每一次，她都找不到答案。

• • • • • • • • • •

12 月 31 日，除夕夜。

原本這晚可汶約了傅浚和其他朋友，去銅鑼灣唱卡拉 OK，她也已經換好衣服準備要出門。但在打開家門時，她的手機收到千蕙的來訊。

「你今晚可以幫我代班嗎？🙏」

和傅浚一樣，千蕙是可汶從小學就已經交好的朋友。因為她們都是在單親家庭長大，放學回家後，都是自己一個人看家，所以比起其他同學，可汶與千蕙有著更多共同話題，也有更多互相陪伴的難過時刻。

她們經常會去對方的家過夜，也時常一同結識男孩子，一同去做兼職賺旅費，一同飛去韓國追星。千蕙的夢想是組織一個完整的家，可汶曾說過，如果將來千蕙有孩子了，她要做孩子的乾媽。兩人在中學畢業的那個夏天如此約定，然後因緣際會，各自升讀上不同的大學。

千蕙在課餘有兼職補習及餐廳的侍應，偶爾可汶會在她忙得無法抽身時幫她代班。按照往時，如果可汶收到千蕙這樣的請求，會立即二話不說馬上答應。

只是這一次，可汶看看手機的時間，下午 5 點 32 分，離千蕙上夜班只剩下二十多分鐘。她忍不住嘆口氣，回覆訊息問千蕙：

『他約了你嗎？』

 然後，他可以對你忽冷忽熱，然後，你對他始終如一。

不一會，千蕙回覆了「嗯」。

可汶又重重嘆了口氣，在訊息輸入「你為什麼還要答應他」，但她再看了一下時鐘，又微微搖頭，最後在訊息裡回道「ok」，就關上了手機。

千蕙兼職的餐廳，位於尖沙咀的諾士佛臺，附近有很多高級的餐廳與酒吧，每逢週末，都會擠滿外國人與遊客，氣氛十分熱鬧。

只是對於要去代班的可汶來說，這種熱鬧可算是一種惡夢。因為顧客越多，就代表工作會越繁重，而且也特別容易遇到麻煩的情況，尤其是在除夕夜這種普世歡騰的喜慶節日裡。除了要提防顧客的借醉調戲或鬧事，餐廳老闆的情緒也會容易變得暴躁，並發作在一眾員工身上。有好幾次，可汶差點就和老闆吵起來，但想起這份兼職本來是屬於千蕙，她才勉強自己忍耐。只是可汶不明白千蕙為何會選擇在這家餐廳工作，就算薪金優厚也不應該讓自己如此受氣。

「汶姐，今晚又來代班嗎？」

從更衣室換了制服出來，可汶遇見已在餐廳工作了三年的 Creamy。可汶知道 Creamy 的年齡比自己大,但她不明白為何 Creamy 會稱呼自己做「汶姐」。只是 Creamy 每次見到面時也是笑意盈盈,可汶從來沒有感到過半點敵意。她向 Creamy 點點頭,苦笑說:「千蕙今晚臨時有事,所以我來代班。」

「嗯,辛苦你了。這晚除夕夜,一定會忙爆。」說完 Creamy 也幽幽嘆了口氣。

「嗯⋯⋯老闆今晚在嗎?」

Creamy 知道可汶想法,曖昧地微笑搖頭,然後又說:「今晚會比較忙,所以我們另外找了兩位代班,都是負責場外侍應的,等他們晚點來上班,我再介紹你認識。」

可汶點一下頭,然後就往餐廳外工作。這間餐廳有分室內與室外兩個區域,室外的氣溫比較冷,但容許抽菸,而且可以感受街上的氣氛,不少食客都會特意選擇室外的座位。

因為除夕的關係,這晚的繁忙時段比平時來得要早,還沒到七點,可汶就已經接待了二十桌客人的餐點與飲料,為十一桌的客人結賬。到晚上九點,可汶已經忙到再沒心神,去暗記自己接待了多少食客。傅浚傳過訊息問她,下班後去不去和大

有些曖昧,就是會在不知不覺間,讓人陷得太深,不願太過清醒。

家吃宵夜，但可汶已沒心情和時間回覆。

快到午夜十二點，整個諾士佛臺都擠滿了人，氣氛變得無比高漲，所有人都準備倒數，迎接新一年的來臨。然後就在這時候，有一位食客興奮地高舉自己的啤酒杯，內裡本來半滿的啤酒，濺滿了可汶的上半身，白色的恤衫制服迅即濕透，可汶的內衣與上圍也因此變得若隱若現起來。

四周本來已經情緒高漲的食客，忽然全都起鬨叫囂起來。可汶不明白他們為什麼要起鬨，心裡只感到驚慌與委屈，卻又對這些突如其來的變故而茫然失措。然後就在這時候，身旁有一個人，將一件白色恤衫披在自己身上，並站在她的面前。

可汶抬頭望向眼前的人，想不到竟然是之前在渡輪上聽〈Ocean Eyes〉的那個男生。

自從上次在尖沙咀碼頭錯過後，可汶已經不止一次想過，向聖誕夜參與派對的舊同學探問男生的資訊。只是每次她都努力忍住了，然後又取笑自己為什麼會對這個沒聊過天的陌生人感到興趣。明明他就不是自己喜歡的理想類型。幾天過去，她有時還是會亂想，如果哪天又在街上偶遇那個男生，到時候自己會不會又眼睜睜看著他擦身而過，還是自己可以鼓起勇氣上前去問他的名字。但她可不曾想過，自己竟會在代班的餐廳裡再遇見他，而且還是在自己如此尷尬的情況之下。

「你有受傷嗎？」

男生有著一把溫暖的聲音。

可汶微微搖頭，男生於是扶著她的雙肩，在四周依然叫囂起鬨不斷的喧鬧聲中，一步一步向餐廳的員工休息室走去。這時她才留意到，自己身上所披著的白色恤衫，本來應該是男生所穿的制服，他此刻身上就只穿著一件淺藍色的無袖上衣。想到這裡，可汶感到自己臉上有些發燙起來。

回到休息室，Creamy 立即上前慰問：「會覺得冷嗎？不如先換衣服吧？」

可汶尚未回答，便聽到背後關門的聲音，她回頭去看，那個男生已經消失不見。她茫然地看回 Creamy，最後微微苦笑說：「不冷。」

但 Creamy 還是叮囑可汶留在休息室裡休息一會，免得那些顧客又找她麻煩，可汶只好答應。Creamy 離開休息室後，可汶默默換回自己的衣服，然後看著原本披在自己身上的那一件白色恤衫，心裡有一種從未有過的感覺，像是興奮，又像是有點麻痺的刺痛。

她拿出手機，為白恤衫拍了一張照片，然後上傳到 Instagram。不一會，她看到傅浚在照片留下一個心，接著又收到他的「Happy New Year」訊息。

可汶將手機放回手袋裡，看看時鐘，還只是十二點二十分。本來她這晚幫千蕙代班，是要到凌晨三時才下班。總不成因為遇到麻煩客人，就擅自提早下班吧？她輕輕搖一下頭，穿上男生留下的白恤衫，深深吸一口氣，努力笑了一下，又回到外面繼續工作。

之後的數小時裡，可汶一直嘗試搜索男生的身影，但她用各種理由走遍整間餐廳，始終沒有發現他的影蹤。

她有試過向 Creamy 探問，這晚替班的人當中，是不是也有剛才為她解圍的男生。怎知 Creamy 對她說，那兩位來代班的人，原來全部都是女生。可汶失望之餘，又暗笑自己為何過分認真。

後來忙到差不多四點，可汶才可以下班。走到街上，慶祝元旦的人潮已經消失得七七八八。她環看四周一眼，又打開自己的背包，見到那一件白恤衫仍在裡面，心裡忽然感到一絲暖意。過了一會，她緩緩關上背包，一抬眼，只見原本空無一人的對面街道，此時有一個人站在那裡，好整以暇地看著自己。

是白恤衫的主人。

可汶記得，原本男生之前在脫下自己的白恤衫之後，身上就只穿著一件淺藍色無袖上衣。此刻他身上穿著一件黑色的毛外套，內裡隱約還可見到淺藍色無袖上衣，下身則是深藍色的牛仔褲，一步一步向她走近。可汶心裡忍不住慌張了一下，不知道男生剛才有沒有看到自己在凝視他的白恤衫，然後下一秒鐘她決定，要對這一個尚未認識的他，說一個謊話。

「你好。」

男生禮貌地向她打招呼。

「你好……剛剛，謝謝你。」

可汶讓自己的聲線盡量表現得自然。

「謝我？為什麼謝我啊？」男生微笑問。

「因為你幫我解窘嘛。」可汶也笑著回答。

「也沒幫到什麼。」男生咧嘴笑了一下，可汶看到他擁有一排明亮的牙齒。男生又說：「其實我是想問你，取回那一件白恤衫。」

可汶心裡喊了一聲「果然」，微微猶豫了一下，對他說：「那件恤衫……我放在儲物箱裡。」

然後她回頭朝已經關門的餐廳望去，男生像是立即意會，露出了一個無奈的苦笑。她心裡不禁有點罪惡感，但還是這樣說：「我將它洗乾淨，之後再還給你好嗎？」

怎知男生卻搖了搖頭，笑道：「不用這麼麻煩，你幫我丟掉它就可。」

「這不是……很浪費嗎？」

但男生像是真的不在乎，向可汶揮揮手，就轉身準備離開。可汶心裡焦急起來，輕聲喊了一下：「喂。」

男生回轉身,用眼神代替回應。

「你叫什麼名字?」

「George,朋友都叫我『阻住』。」

可汶噗哧笑了一下,George又再向她揮一下手,準備要走。她又忍不住再「喂」一聲,只是下一秒間,她感到自己的臉也發熱起來。

她緩緩對他說:「我叫可汶。」

「我知道啊。」

「……你知道?」

可汶有一瞬間,懷疑自己是不是聽錯,但George沒有再說下去,就只是肯定地笑了一下,然後這次真的轉身就走。可汶想再留住他,但是她已經沒有更多勇氣與理由,最後就只是目送著他的背影遠去。

． ． ． ． ． ． ． ．

只是你們的對話,總是會在你最想繼續的時候,突然終結。

「他應該不是代班呢。」

「你之前沒見過他嗎？」

「如果店裡的職員有像他這樣的人，我一定會知道的。」

兩天後，可汶與千蕙兩個人，坐在長沙灣的海旁，看著夕陽，說起除夕夜發生過的事。

「而且老闆通常都聘請女生做侍應的工作。」千蕙笑著補充，又說：「你來過代班幾次，廚房以外的地方，你有見過男性職員存在嗎？」

「沒有，除了老闆。」可汶皺著眉回道。

「哈……所以，那個男生應該是店裡的食客吧？」

「但那天晚上，我完全沒印象接待過他這個食客呢……他就像是憑空出現，然後又突然消失。」

「嗯，不過說回頭，我們的店在諾士佛臺，那裡平時本身就會有很多不是顧客的人經過，再加上剛好是除夕倒數，所以也有可能，他是剛好經過，然後見義勇為，英雄救美……」

「什麼英雄救美……你說得真誇張。」

千蕙留意到，可汶的臉上有點微紅，她忍不住取笑：「你如果看到自己現在的模樣，你一定會說這個人正在沉船。」

可汶立即否認：「沉什麼船啊，我只是好奇，為什麼他說他知道我的名字。」

「下次見到面，到時再問他吧？」

「見得到再說吧。」

「我有預感你們會再見呢。」

可汶知道千蕙的直覺向來靈驗，聽到她這樣說，心裡的不安稍稍得到紓解。過了一會，她問千蕙：「你呢，除夕夜過得開心嗎？」

千蕙就只是看著大海，嘴角似笑非笑，沒有回答。

可汶心裡嘆一口氣，想過不要再問，但最後還是忍不住開口：「他又是半途突然有事，撇下你先走嗎？」

千蕙微微點頭，臉上的笑容變得更不自然，她輕聲說：「差不多快到午夜十二點的時候，他接到電話，然後就跟我說要回家去，下次我們再約。」

「他那天晚上特意約你出來，不是應該已把時間都預留給你的嗎？」

「我也不知道……可能是有突發的事情吧，他也不想的。」

「他連原因也沒有給嗎？」

千蕙搖搖頭，可汶忽然不想再問下去了。

一年前，千蕙在交友 app 裡，認識了一個叫 Alexander 的男人。

千蕙覺得他很善解人意，成熟穩重，雖然對方比自己大十歲，但是兩人每晚都會傳訊息聊天，她完全沒有感受到和他有年齡上的差距，反而覺得他很了解自己的心事，經常可以給予她一些有用的意見和及時的安慰。

他們約在情人節的第二天出來見面，自此之後，千蕙對這個人就變得不能自拔。他們每個月都會見面約會幾次，通常都是男方主動提出，但千蕙很快就發現，每次都是約在他剛好有空的時候——他不需要陪伴家人的時候。

Alexander 有向她坦白，自己在四年前已經結婚了，有一個一歲大的兒子，但他對妻子的喜歡已經變得很淡薄，而且兩人的價值觀也越來越不同，在家裡大家都很少聊天，妻子只會顧著看手機，他就玩手遊打發時間。他只是為了兒子才繼續努力去扮演爸爸這個角色，但他並不享受，他對千蕙說自己是一個很糟糕的父親。

千蕙的爸爸，在她小學三年級的時候失蹤了。最初她有問母親，爸爸去了哪裡，每次母親的表情都會變得莫名地平靜，了無生氣的平靜。漸漸千蕙就不再問這個問題。

後來長大一點，無意間聽到其他親戚在她背後提起，爸爸在外國認識了一個女人，所以才離家出走。她不明白，為什麼一直疼惜媽媽和自己的爸爸，竟然會狠得下心捨棄她們。

然後當你想更加靠近，他就開始退後，彷彿你的主動，是一種冒犯。

母親原本很愛笑，性格溫柔活潑，但自此之後就時常變得木無表情，因為要獨力肩負家裡所有開支，每天都工作到很晚才回家，千蕙知道自己應該要諒解，但隨著年齡越大，她與母親的感情也變得越來越疏離。

她跟可汶分享過，比起責怪拋妻棄女的父親，她對母親那一種淡漠與抗拒感，反而更加強烈。是因為父親留給自己的回憶太過美好，她不自覺將他的一切美化，還是她厭倦自己與母親一直困在被丟棄者的角色，母親始終沒有好好向她說明或解釋，為何這個家的發展會變成這個結局，為何自己必須承受其他親戚的同情目光、閒言閒語，為何自己不可以像其他人般，在無憂無慮中成長。

但千蕙其實也知道，自己的這些想法很自私，母親含辛茹苦養大自己、供養自己讀大學，自己應該好好感謝才是。只是千蕙內心，還是會好想早日離開這一個家。

Alexander 也知道她這些心事與想法。他有問過她，會不會看不起背著妻兒和其他女生約會的自己。千蕙告訴他，她沒有看不起他，反而更欣賞他的誠實與直接。他不止一次跟她說過，好想跟妻子離婚，只是一直因為兒子還幼小，而無法下定決心。然後現在，他的兒子就快三歲了，他還沒有向妻子提出離婚。

每次他傳訊息給千蕙，想約她見面，她都會立即放下手上的事情，空出所有時間去和他見面。他大約每個月會約她一次，但日子和時間都不固定，有時是星期一的早上，有時是星期四的黃昏，有時是星期天的深夜。

她不會主動約他，因為他一定會已讀不回，「已經有家室」成為他不能應約和不能承諾的最好理由，她也一直安分守己地去做他「秘密情人」這個角色。不過可汶不止一次不留情面地說，與其說「秘密情人」，不如說「砲友」會比較貼切。

「我應該離開他嗎？」

千蕙看著快要落下的夕陽，彷彿在問可汶，也彷彿在問自己。

可汶嘆一口氣，問她：「其實你喜歡他什麼呢？」

「我也不清楚……最初喜歡他的成熟與體貼，現在……認識他更深了，他有很多不成熟的地方，也有很不體貼的時候，但我還喜歡他嗎？我反而好像更無法放棄他這個人。」

「但嚴格來說，他從來沒有屬於你，你沒有擁有過啊。」

他不會拒絕你的溫柔，但有時他的一再沉默，可以比拒絕還讓人難受。

「嗯，我們只是有過曖昧的朋友。」

「這種還算是朋友嗎⋯⋯唉。」可汶深呼吸一下，又說：「你還記不記得，我們以前說過，將來的擇偶條件，其中一項是要對感情專一認真嗎？」

「我記得。」千蕙苦笑一下，然後說：「明明他就不是自己喜歡的理想類型，但偏偏就沉迷得不能自拔。」

「那你為什麼仍然陷進去呢⋯⋯」

「因為⋯⋯」千蕙默然了一下，像是在思考更準確的答案，但最後她還是搖了搖頭，回道：「你不是我，我很難對你說得明白⋯⋯或是該說，即使我說了，你也很難明白。」

「我也不是沒談過戀愛，我知道不想失去一個人的那種心情。」

「與其說不想失去他，不如說是不敢去想真的得到他。」

「⋯⋯不想失去他，又不想得到他？這不是很矛盾嗎？」

「所以我才說,很難說得明白呢⋯⋯但是不明白,可能也是好事。」

「為什麼?」

「如果你有天明白了,那應該是你也有過類似的經歷吧。」

「我不會想有這樣的經歷呢。」可汶苦笑一下。

「很多時候也是身不由己。」千蕙也輕輕苦笑了。

「你越說越玄呢⋯⋯我就只盼你不要再執迷下去,大家也不想你變得不開心。」

「我知道你們關心我,但我現在真的覺得很開心。」

可汶聽到她這樣說,心想再勸下去也是徒勞,於是也不多言,就只是陪她繼續看夕陽。過了一會,千蕙牽著她的手,頭挨在她的肩膀上。

一顆淚珠,悄悄在風中散落化開。

而你們從來都不會有人主動說破,這當中的尷尬、無奈與難堪。

Side Chat 02

M：曖昧過，但沒在一起的人，之後還會做朋友嗎？

F：其實我已經不能分清楚，自己還是不是他的朋友。

M：為什麼會這樣覺得呢？

F：他說我們還是朋友……他說過我們以後還是朋友，但是我們已經有三個多月沒見面了。

M：是因為他在忙嗎？

F：他時常都有約其他朋友，在他的 IG 可以看到。

M：那……你們之間發生過什麼事嗎？

F：其實也沒什麼……我知道，就只是我已經不再重要了，他心裡現在另有其他喜歡的人，我會得到他的冷落，也是理所當然的……就只有我自己還在留戀過去，還在執迷我們還是朋友這句話而已。

M：或許平常心地想，你們真的還是朋友，只是有些朋友，本來就不會時常見面，但就算很久不見，你們依然會一樣友好。

D：但如果你們之前本來是每星期見面幾次，每天晚上都會通電話，他有什麼重要的事情都一定會告訴你，你知道自己是他很重視很在意的人……然後有一天，這些有過的一切都已經完全變得不同，你還可以有自信地說，你們還是像當初那麼友好嗎？

M：我想如果是我，應該不可以。

D：所以，他所說的「還是朋友」，與我希望的「繼續做朋友」，其實是不一樣的東西……他想要的，是不會再見的朋友，我想要的，是繼續親密的朋友……而我只是太遲才發現這個事實。

第三章

/

我一時想不起在哪裡見過你

到了二月，可汶她終於還是忍不住，向聖誕夜有出席派對的中學同學、甚至主持派對的 Samantha 探問，但是沒有人認識或知道 George 這個人。

她開始變得期待，George 會突然又再出現在她的面前，於是她開始養成下課回家要搭乘天星小輪的習慣，假期時也試過兩次主動幫千蕙代班。只是 George 始終沒有現身。

可汶有想過，如果他是真的早已知道自己的名字，那麼他有可能是自己某個朋友的朋友。於是她開始從朋友的 IG 甚至臉書著手，希望能夠在他們的朋友列表裡，找到 George 的身影。

結果她花了十天時間，看了接近一萬個完全無關的 profile。

然後在某一晚的回家路上，她因為太入迷地在手機看 profile，不小心摔了一跤，還撞瘀了左腳膝頭，她忽然驚醒自己為什麼會變得這樣執迷，才捨得放棄再無止境地搜索下去。

捨得放棄，但還是會在夢裡遇見他。

每次他都會突然出現，有時是在巴士裡，有時是在餐廳門前，為她出頭，陪她一起聽〈Ocean Eyes〉。她對自己竟然會做這樣的夢感到驚訝，因為過去這二十年來，她也未試過對任何一個人如此在意。

最初她還會懊惱，自己為何會做這樣的夢，漸漸她反而慶幸，還可以在夢裡遇到他，但每夢見一次，對於他的臉貌身影，反而變得模糊。到了二月，夢裡已經不會再有他的出現，每天醒來，她甚至會感到有些失落。

然後，到了二月十四日的清晨，她醒來後，打開手機，見到 IG 有一個新訊息。

她打開收件箱，因為對方並不是自己朋友列裡的用戶，訊息被分派到「陌生訊息」的頁面裡。她打開訊息來看，見到是虛假用戶傳來的詐騙廣告。她平時很少收到這類訊息，但是也早已見怪不怪，直接按鍵封鎖並刪除。

只是當退回到「陌生訊息」的頁面，她見到在三星期之前，原來還有一個未讀的訊息，而傳訊者的名字是「George」。

真的是他嗎？可汶忍不住從床上坐起，點開訊息，只見對方在訊息裡，首先傳來了一個貼文，她馬上就認出，那是她在元旦凌晨所拍下並上存 IG 的那一張白色恤衫照片。接著對方在訊息裡說：『雖然無法拿回它，但它可以用另一種形式，在網路裡繼續流傳，也不錯。』

可汶幾乎已經肯定，傳來訊息的主人就是 George。只是他的賬號設定為私人，她就只能看到他大頭貼裡，在海藍色背景下的一個背影。她開始有點懊悔，為什麼這樣遲才發現到他這個訊息，於是連忙打開鍵盤，輸入：「你還想取回恤衫嗎」

只是在傳送後，她又有些後悔，自己的這個問題會不會讓他覺得有點幼稚。他都說過不要取回恤衫了，不過她仍然一直將恤衫珍而重之藏在衣櫃裡面。過了十二秒鐘，她決定將訊息回收，再輸入另一個訊息。只是她還未來得及按下「取消傳送」，訊息下面已經顯示了「已讀」，接著系統讓她看到，對方正在輸入回覆的訊息。

並不是你不想放下，但是你總是會對他的飄忽，心存盼望。

然後，二十秒後，可汶收到他的回覆：『嘩，你終於回覆了』

「我今早才看到你這個訊息」
『真的嗎』
「真的」
「你是我認識的那個 George 嗎」
『如果你不確定的話，為什麼又會回我的訊息 😂』
『其實我來自 KK 園 😂😂』
「原來你是找我來幫你提高營業額　　」
『😂😂😂😂』

她原本以為，自己和 George 在訊息裡對話，他應該會對自己愛理不理，想不到他回覆的速度相當快，而且也算是幽默健談。

『你今天晚上有約人嗎？』

忽然他這樣問。可汶心裡呆了一下，這天是情人節，他是想來約會自己嗎？還是他想要探聽自己的感情狀況，又或是他只不過隨便找話題，是自己一個人想得太多？而自己又應該要怎樣回答才好？

過了半分鐘,她決定這樣回答:「約了朋友」。而其實她什麼人也沒約。

『那麼凌晨零時之後呢?』

「凌晨零時?」

『嗯,凌晨零時之後,如果我想約你去喝咖啡,你有興趣嗎?』

「你⋯⋯是認真的嗎?」

『為什麼你會覺得我是在說笑呢～～』

『今晚 12 點,在上次道別的地方再見,如果你不想來,也不緊要😣』

然後他沒有等她答應,就離線了。這時她才看到,他接受了自己的交友邀請。

打開他的 profile,可汶看到裡面只有九張照片,都是一些從高處拍攝的夕陽照片。她再回看他傳來的最後一個訊息,感到仍是在做夢一樣,不敢置信的同時,心裡又開始有點猶豫,自己是否真的應該要去應他的約⋯⋯對方會不會是作弄自己,而這個賬號又是不是真的屬於 George ?

躺回床上,她忽然想起,自己原來從未如此清楚感受到,

有時候,他彷彿可以看穿你的一切偽裝,彷彿他就是最了解你的人。

心臟躍動的這一種感覺。

. . . .

深夜的尖沙咀，雖然比其他區域還是顯得較為熱鬧，但經過幾年來防疫政策的洗禮，店鋪都變得越來越早關門營業。街上都是正在趕車回家的路人或情侶，對剛剛才從家裡出門的可汶來說，不由得感到自己有點格格不入。

原本她是打算，約傅浚或千蕙出來吃晚飯後，才去應 George 的約。但是她後來又想起，這晚是情人節，他們一定已經約會了別人。而她也因為一直花時間挑選衣服，弄到差不多九點多才開始化妝。結果出門前，她才匆匆煮了一個杯麵來吃，再坐車去到尖沙咀，時間也已經快接近凌晨。

諾士佛臺一帶的街道，人煙還算是比較密集。可汶不想被餐廳的同事發現，所以站在街道的末端遙遠張望。

她幾乎每分鐘就查看手錶一次，心裡變得越來越緊張。但凌晨零時轉眼已過，緊張的情緒立即換成不安，她開始亂想他是不是遲到了，還是自己真的被他作弄。

「等了很久嗎？」

忽然一把聲音從背後響起，可汶立即認出聲音的主人。她讓自己慢慢回轉身，見到一身黑衣的 George，正在微笑看著自己。她輕輕搖頭，對他說：「我也是剛剛才到。」

「想不到你真的會來呢。」

「如果你不確定的話，為什麼又會來到這裡呢？」

聽到她這樣說，他立即意會，她是用他在訊息裡說過的話，來回應自己。他忍不住笑了一下，問她：「你平時有喝咖啡這個習慣嗎？」

可汶想了一下，最後還是如實回答：「我對咖啡沒有特別偏好。」

「那如果現在我帶你去喝咖啡，你會不會不喜歡？」

她微微笑了一下，說：「我都已經出來了，又有何不可。」

但每次當他突然靠近，你都習慣提醒自己，別想太多。

George向她點一下頭，然後就領她走到彌敦道，去巴士站乘上一輛往美孚的尾班車。上車後，他們坐在巴士最後排的位置。可汶忽然感到好奇，問他：「如果我們趕不上這班車，會去得到你想去的那間咖啡店嗎？」

George像是沒想過她會問這個問題，看了她一眼，回道：「我們還可以搭地鐵，不過我比較喜歡搭巴士。」

「嗯……也是的，而且還可以搭的士。」

「我也不喜歡搭的士。」他向她做個鬼臉。

「為什麼不喜歡搭的士呢？」

「是我個人對香港的的士司機沒有好感。」

「我們第一次碰面時，你也是去選搭巴士呢。」

聽到她這樣說，George側頭看了她一眼，然後過了一會，他笑著問：「你是說半山去中環那一次嗎？」

他是現在才想起，聖誕夜是他們的第一次碰面嗎？還是他察覺到，她原來一直都有記住聖誕夜裡遇見過他？可汶的思緒出現了一瞬間的淩亂，但最後還是微笑回道：「是啊。」

「很久很久以前，在一個深夜裡，我試過在半山乘搭的士到中環，最後司機沒收我車費，並且落荒而逃……你想聽聽我那一次的經歷嗎？」

沒有收車費，還落荒而逃？可汶的好奇心瞬即被燃點起來，於是向他微微點頭。

「有一次，大約晚上十一點，我在列堤頓道攔了一輛的士，因為當時我正在和一位台灣朋友講電話，上車後，我就隨口用國語跟司機說，去中環碼頭。司機聽到後也沒有說什麼，立即啟程出發，而我就繼續和朋友講電話，不一會的士就去到了中環碼頭。我和朋友掛線了，見到車費是五十元，於是拿出錢包準備付錢，怎知道司機用普通話跟我說，車費是五百元。」

「貴了十倍啊，那一輛是黑心的士嗎？」

「當下我也是這樣判斷，然後我轉念一想，那個司機一定是因為聽到我一直在說國語，以為我是從外地來的遊客，所以才斗膽向我濫收車資。我怕自己是不小心聽錯，於是再輕聲問

而其實，你們什麼都不是，但你比所有人都更加在意。

一次車費是多少，司機有點不耐煩地說五百，當下我內心就下了一個決定。」

「是要揭穿他嗎，還是報警？」

George 搖搖頭，笑說：「我從錢包裡，拿出了一張冥通銀行的紙幣給他。」

「……冥通銀行？你是說拜祭先人用的那些……冥鈔嗎？」

「是啊。」

「為什麼你的錢包裡會有冥鈔？」可汶失笑問。

「那天我剛好幫朋友製作一齣靈異電影用的道具，所以就帶了一疊冥鈔在身上。我拿出一張五千萬的冥鈔給司機，他最初拿到時，像是看不清楚，又像是已被嚇著，想要再打開車廂的燈，我輕聲問他：『是不是不夠？』接著再從錢包拿出第二張、第三張、第四張給他，他就一直默默的接過我的冥鈔，在接到第十張的時候，他突然大叫一聲，打開車門，往 IFC 的方向狂奔，連車子也不顧了。」

聽到最後，可汶忍不住捧腹大笑起來，過了好一會才可以喘一口氣，問他：「那你是不是趁著這個機會，也跟著下車？」

「其實我在的士裡還等了好一會，想要付他五十元車費……等了大約五分鐘吧，我見司機始終沒有回來，最後只好自行離開了。」

「他可能有回來過，但見到你還在車裡，所以就不敢再靠近呢。」

「可能吧。」

「所以你才討厭搭的士嗎？」

「還有其他一些事啦，總之就是對香港的的士司機沒有好感。」

可汶「嗯」了一聲，過了一會，她忽然問他：「這個故事……」

「嗯？」

你們累積了太多不確定，卻無法歸納出一個明確的答案。

「並不是真的吧？」

George 笑著拿出錢包，從裡面掏出一張冥鈔，放在她的手上，她這才真的信了。她拿起紙鈔細看，見到紙鈔中央的頭像，竟然不是玉皇大帝，而是某個國家的國家領導人。她不禁問：「這是你親手做的嗎？做得很真啊。」

他對她點點頭，然後揚起右手按動下車的響鈴，可汶看出車外，才發現巴士已經去到深水埗。

兩人下了車，在空無一人的街上走了一會，她心裡又開始不安起來，因為她未試過在凌晨來到深水埗。他像是看穿了她的心事，不時回頭對她微笑，像是想要讓她安心。最後他們來到一家店的門前，可汶抬起頭，見到招牌寫著「Night Café」。

咖啡店的空間不算太大，裝潢帶點復古的風格，在正中央有一個極大的吧檯，咖啡師就站在吧檯後沖調咖啡，或是和客人聊天。店外的空地擺放著三張四人桌，可以讓人一邊喝著咖啡，一邊愜意觀賞街道上景物與變化。George 領她到最後一張空桌坐下，並向她遞上餐牌，問她想要喝些什麼。

餐牌上大約有三十多款咖啡，還有少量酒類飲品，每一款飲料的名字也相當古怪,例如「有故事的人沒名字的你深夜特調」、「夜了鐘上擺臂在搖深度微酸咖啡」、「會不會有人可以明白之黑糖青檸凍咖啡」,讓可汶看得眼花撩亂。於是她問他:「你有推薦的嗎?」

「你比較喜歡喝甜的,還是喝苦的?」

「有人會喜歡喝苦的嗎?我選甜的。」

George 笑著點一下頭,向侍應點了一杯「我一時想不起在哪裡見過你」及「當作是你開的玩笑」。可汶見他不用看餐牌,就已經可以直接向店員下單,問道:「你經常來這裡的嗎?」

「是的,我是常客。」

「這裡會營業到幾點鐘呢?」

「凌晨四點。」

「我都不知道香港原來有營業到凌晨的咖啡店呢。」

「你應該不常去咖啡店吧?」

你不喜歡賭博,可你為了這個人,一再下注了所有時間心力。

「我不特別喜歡喝咖啡嘛，而且咖啡店通常在入夜之前就關門，別說營業至凌晨了，營業到晚上九點後的咖啡店，在香港也不常見。」

「是啊，所以當初發現到這間咖啡店時，我心裡就有種找到寶藏的感覺。」

可汶看著他，輕輕地問：「你是很喜歡喝咖啡，喜歡到凌晨也想要去喝，還是你喜歡夜遊？」

這時候，侍應剛好送來了兩杯飲料。一杯是全黑色的咖啡，另一杯淡褐色的就有心形拉花，在正中央的位置，浮躺著一片粉紅色花瓣。George 將心形拉花咖啡推到可汶面前，微笑說：「為了咖啡，值得。」

「這一杯咖啡的名字是⋯⋯？」

「我一時想不起在哪裡見過你。」

「名字是有什麼含意嗎？」

「你先嚐一口吧。」

說完，George 也拿起他自己的黑色咖啡開始品嚐。可汶輕輕地呷了一口，不想太快破壞那個心形拉花，然後下一秒鐘，她的味蕾感受到一股濃郁的甜味，是焦糖與花香混合在一起的味道。

George 問她：「好喝嗎？」

可汶點了點頭，說：「好甜呢，想不到咖啡也可以這樣香甜。」

「因為你說想要喝甜的咖啡嘛。」

可汶再呷了一口「我一時想不起在哪裡見過你」，又看看他那一杯黑色咖啡，說：「你這杯『黑色幽默』好喝嗎？」

George 呆了一下，然後笑答：「你竟然知道這杯咖啡的名字含意呢。」

「因為我有朋友很喜歡聽周杰倫的歌，所以對這首歌的歌詞有印象。」可汶提到的那個朋友，是傅浚。有一段時期，他總是勉強可汶去聽周杰倫的歌，讓她由原本的不喜歡，到了現在已經變得耳熟能詳。她再次問 George：「你這杯好喝嗎？」

他不屬於你，也不會對你負責，但他可以輕易支配你的喜怒哀樂。

「好喝啊，你要嚐嚐嗎？」

可汶點點頭，George 做了一個「自便」的神情。她緩緩拿起黑咖啡，一陣濃郁的咖啡豆味撲鼻而至，接著一股苦澀的味道，瞬即在口腔內蔓延。

「很苦啊。」可汶忍不住說。

「是啊，你的是甜的，我的是苦的。」

她將咖啡放回他的面前，皺眉問：「你喝這麼苦的咖啡，不怕睡不著嗎？」

「我的作息時間比較遲。」

「從凌晨時分開始？」

「或者該說，直到日出時才終結。」他向她做個鬼臉，又問她：「你待會想不想看日出呢？」

可汶心裡有一點猶豫，反問：「日出是在什麼時候？」

但 George 沒有回答她，就只是和她繼續介紹餐牌裡各種咖啡名字的由來。接著兩人由自己喜歡聽的流行曲，聊到最近的社會議題、世界大事，再一點一點分享彼此的成長經歷。不一會，咖啡喝完了，他再為她點了一份甜品與一杯長島冰茶。

她忽然想起，自己好像已經有很長時間，沒有跟另一個人，有過如此深入的談話。而自己如今竟然會在凌晨三點鐘，在平時甚少會去到的深水埗區，坐在這間從未光顧過的咖啡店，欣賞漆黑與夜燈交織而出的景致，喝著這生人第一杯長島冰茶，聽這個本應該陌生的人，和自己分享一些彷彿平凡，但是又最重要的曾經。她知道自己應該是有點醉了，她已經很久沒有嚐過這種感覺。或許是因為長島冰茶的關係，但她更寧願相信是另一種原因。

George 忽然問她：「要不要再幫你點一杯咖啡，讓你提提神？」

可汶搖頭說：「不用。」

「我怕你會喝醉。」

「啊，原來你幫我點了這個，是想灌醉我。」

「如果我想灌醉你，就應該直接帶你去酒吧了。」

「你平常都會這樣約朋友嗎？」

「這樣約朋友？」

「唔……在凌晨時分，約新相識的朋友喝咖啡。」

「偶爾吧。」

她聽得出，他的回答有點模稜兩可。

「那你呢，你平常都會這樣接受朋友邀約嗎？」他學著她的語氣，微笑反問。

「這樣接受朋友邀約？」她也學他，明知故問。

只是他「嘿」了一聲，沒有再問下去，然後又和她聊起其他事情。

到了四點，咖啡店要打烊了。他到店裡結了賬，然後領著她走到沒有路人與車子的馬路上，一邊漫步，一邊繼續天南地北。

最初可汶有想過,自己是不是應該提出要回家,因為這天早上十點,她有課堂要上,如果現在回家,自己至少還可以擁有一點點睡眠時間。但是她感到心裡面的另一個自己,刻意無視了這個想法。後來當他們走到太子的彌敦道時,他問她要不要再步行至尖沙咀,她沒有再多想,笑著點頭答應了他。

之後,他們去到尖沙咀海港城的露天停車場,坐在欄杆上,一起看著晨曦初現。

有好幾次她都想問他,這晚約自己出來的目的與意義,但下一秒鐘她又告訴自己,為什麼一定要去問,為什麼一定要有意義。

然後當他看著她,淡然溫暖的微笑,她也努力讓自己笑得更自然,不想被他看穿自己心裡的那點亂想,也不想擾亂這一刻,像是奇蹟那樣的氣氛與節奏。

她知道,就算將來再發生更多的事情、再遇見不同的人,但在自己往後的人生裡,她都一定會記得,這一個凌晨所發生過的一切。

雖然是很微小,雖然是很平凡,雖然他未必會跟自己一樣,

不清不楚會讓人心累,可是你也害怕,真相並不是自己能夠接受。

有著相似的感覺與想法。

但心坎裡那一份確定，卻變得越來越強烈。

Side Chat 03

G：我覺得，曖昧過的人，也可以做朋友。

M：你有試過嗎？

G：有啊，我有一些異性朋友，以前都有曖昧過。

M：之後做回朋友，不會感到尷尬嗎？

G：有些時候會，尤其是大家本來還有一些共同朋友，之後還會在聚會裡繼續碰面。但是這也有好處，至少你們不會完全斷絕了聯絡，將來還有機會再交好。

M：那麼，你的那些朋友……以前你有喜歡過他嗎？或是對方喜歡過你？

G：總會有吧……如果兩個人會曖昧，最初應該是有一定的好感，才會逐漸靠近的，也一定會有彼此都欣賞的優點與特質，覺得相處得來，所以才可以越走越近。

M：若是如此……那麼為何這兩個人，最後沒有變成情侶？

G：因為會發現，原來有些地方不適合在一起……有時就算再喜歡也好，有些現實的條件，還是無法超越或無視，就好似……他喜歡的是一個年齡比他小的人，又或是，他想要組織一個家庭，他希望和他走在一起的人，是在生活上相處得來的，不會有太多爭吵磨合……這些這些看似細碎的原因，有時就是會讓這兩個人不會再繼續曖昧下去。

M：如果不是不喜歡，而是因為這些原因而漸走漸遠，應該也會很難受吧……

G：最初是會有，例如看到對方認識了另一半，還是會感到傷心……不過後來，我也有找到現在的另一半，他們之後也有成為朋友……而最重要的是，他本身是一個好人，我們才可以繼續變成真的朋友，我覺得這一點其實已經很幸運了。

M：如果他不是好人，你就不會和他做朋友嗎？

G：應該不會了……除了是不是好人，有些人的個性與處事方式，本來就不適合做朋友，在曖昧時戴著濾鏡，可能會看不清楚，但當變回普通朋友時，才會發現對方原來與自己並不是同一類人，若是如此，那倒不如不要勉強，讓回憶停留在最美的時候，也是好的。

第四章

/

深夜滑行回憶

每一年的 3 月 2 日，千蕙與傅淩都會為可汶慶祝生日。

這個「傳統」，最初是從千蕙的生日開始。千蕙的生日是 9 月 12 日，小學三年級的時候，可汶存了一個月的零用錢，送了一個美少女戰士日本製筆盒給千蕙做生日禮物。兩人在那天約定，以後每年都要和對方慶祝生日。後來傅淩與可汶混熟了，也加入了她們這個「慶生會」。於是每年的 3 月 2 日、8 月 8 日、9 月 12 日，他們三個都一定會約出來見面。有時是一起去唱通宵達旦的卡拉 OK，有時是訂高級餐廳切蛋糕慶祝，有時是預留假期一起去外國旅行。

這年可汶生日，傅淩在兩個月前，特意預訂了一家位於港島東的日式餐廳，只因這間餐廳有可汶最愛吃的炭燒牛舌和山

偶爾他會說你很重要，但你知道，有很多人都比你更重要。

薯芋泥。他們約定晚上七時在餐廳等候，怎知道到了七點二十分，可汶才現身在餐廳裡。

「你竟然遲到啊！」傅浚見到可汶坐下，第一句就這樣說。

「抱歉……我睡過頭了。」可汶雙手合十。

「睡過頭？你是睡午覺睡過頭嗎？」千蕙忍不住問。

「不是的……我今早十一點才上床睡覺。」

「嘩……你昨天晚上沒睡覺嗎？」傅浚插口問。

可汶微笑搖了搖頭。千蕙注意到，可汶臉上似是還帶著一點倦意，於是她用眼神打斷傅浚想繼續發問的欲望，然後拿起餐牌，和他們一起商量要點哪些菜。

和侍應點完菜，可汶呷了半杯綠茶後，千蕙微笑問可汶：「昨天晚上，你沒有回家睡，是嗎？」

可汶臉上微微一紅，但還是笑著點了點頭。

千蕙又問：「是去了哪裡呢？」

可汶的神情有點忸怩，回答千蕙：「去了一幢大廈的天台看日出。」

「看日出？」傅淩忍不住追問。

「是和誰一起去呢？」千蕙知道可汶本來就沒有看日出這個喜好，除非是有其他人提議。

「你們不要再一起夾攻我了……我就知道你們總有天一定會來問。」可汶嘆了口氣，但下一秒又微微笑了一下，然後續說：「我是和 George 一起去的。」

千蕙知道 George 這個人，見傅淩還是一臉茫然的神情，忍不住輕輕嘆了口氣，然後向他說起可汶與 George 認識的經過。只是她所知的也是有限，因此說到後來，很多時也是由可汶這位當事人自己補充。

「情人節過後，他差不多每隔幾天，都會約我出外，每次都是約在凌晨時分。」

然後，你以為自己很熟悉他，但原來他始終未有和你交心。

千蕙問：「凌晨⋯⋯凌晨還有什麼地方可以去啊？」

「最初我也是這樣想，但他真的是夜行動物⋯⋯他總是會知道，不同地區有哪些好吃的餐廳或小鋪仍在營業，可以填飽肚子，又或是可以久坐。但最重要的是，他每次約我出外，都會為我設定一個特別的主題。」

「主題？」

「例如第一次，他教我踏滑板⋯⋯」

千蕙忍不住插口：「踏滑板？你⋯⋯你是運動白痴來啊。」

可汶笑著反駁：「什麼運動白痴啊！我現在已經玩得很不錯了，自己一個人玩，也可以來去自如！」

千蕙與傅淩互望一眼，想起以前曾經想要教可汶游泳，但她總是學不會，到後來甚至不想再學。千蕙問：「為什麼他要教你踏滑板呢？」

「其實那也有點為了實際需要，因為凌晨比較少公共交通工具，也不可能每次都乘搭的士，滑板就可以用來代步了。」

「那聽起來似乎也不錯呢。」

可汶點點頭，又說：「之後他也有教我踩單車，我們試過由尖沙咀踩到去觀塘海濱，不過我還是比較喜歡踏滑板。」

「為什麼？」

「踏滑板比較輕鬆自在一點，一邊滑行一邊跟身邊的人聊天，感覺真的很不錯。」

「那你找天也教我吧。」

「好啊……有一次他又帶我去西貢觀星和看日出，有機會我們也可以去看看呢，原來香港也有地方可以看到漂亮的星空。」

「嗯，那麼今日凌晨，你跟他出外，是為了慶祝你的生日嗎？」

聽到千蕙這樣問，可汶就只是點了點頭，但沒有答話。

「你這個表情，一定是有古怪呢！」千蕙不放過她。

你以為他也有喜歡你，直到後來你才接受，他原來只是喜歡你的好。

「其實沒什麼特別……他也只是帶我去看日出。」

「又是去西貢嗎？」

「不……他帶我去最高那幢大廈的天台，一邊吃生日蛋糕，一邊看日出……」

「我不明白……最高那幢大廈……全香港最高那幢嗎？」

可汶輕輕點頭，千蕙見狀，啞然了一會，然後又再追問：「他是怎樣帶你進去啊？」

「我也不知道怎麼說明……不過我們也是直到今日才明白，他的 Instagram 裡有很多日出的照片，原來都是在大廈天台拍攝的，原來他一直都會趁夜深無人發現的時候，到不同的大廈天台探險。」

「好像很刺激啊！沒有人發現你們嗎？」

「應該沒有吧……」

「那你們有拍照嗎？」

可汶拿出手機，按了幾下，然後遞給千蕙他們看。只見相片裡比較靠近鏡頭的，是一個留著微微曲髮的年輕男生，有一點高傲，而可汶就站在他身邊燦爛地微笑，遠處可以看到太陽從地平線破曉而出。

「啊，是我喜歡的類型呢⋯⋯」然後千蕙看到可汶臉色微變，又笑著說下去：「我說笑而已，不用這樣認真⋯⋯但他的相貌也真的不錯呢。」

「我問他有沒有做過模特兒，他說沒有。」可汶回復了笑臉，又說：「他的真人比較孩子氣，相片裡的酷只是裝出來的。」

「嗯⋯⋯他特意帶你到這個地方慶祝生日，應該讓你畢生難忘吧？」

可汶沒有回答，但千蕙感覺得到，她這刻的目光與笑意，是有多麼甜蜜和滿足。

「那⋯⋯你們已經在一起了嗎？」一直沒有插話的傅浚，忽然微笑問。

漸漸，你也越來越無法肯定，自己會不會只是其中一位過客。

千蕙看了看他，又回看著可汶，只見她的笑臉依然燦爛，但如果再仔細觀察，可以發現她的雙眼裡多了一點猶豫。

「我們是好朋友。」可汶一臉自然地說。

「應該不會只是好朋友吧？」傅浚笑著搖頭，嘆氣說：「想不到你對我們這些認識很多年的好朋友，也會有所隱瞞呢。」

「我沒有隱瞞啊，我和他就真的只是好朋友。」

千蕙感到可汶的語氣像是有點動怒，又像是有點無可奈何，連忙插口說：「那個 George……現在有女朋友嗎？」

「沒有……其實我沒有問過他，他也沒有提起過。」可汶回答。

「有沒有女朋友，應該可以觀察得到？」

可汶抬頭默想一會，最後回答千蕙：「我想他是真的沒有。」

「那將來……你們有可能會發展嗎？」千蕙笑著問，然後又看了一眼傅浚，只見他正拿著餐牌，向侍應生點了一瓶梅酒。

可汶又再抬頭，過了很久很久，這樣說：「將來的事，將來再算吧⋯⋯他對我是很好，但我們現在都沒有要進一步發展的意思。」

「即是還有可能啦？」

「你怎麼變得這樣八卦？」

「因為，很少見你會有這種臉容。」傅浚接過侍應剛好送上的梅酒與酒杯，為可汶倒了一杯，又說：「你的神情，像是得到夢寐以求的洋娃娃那樣。」

「我又不喜歡玩洋娃娃。」可汶強烈否認。

「我反而覺得，很少見到你和另一個人這樣曖昧呢。」千蕙接過傅浚的酒，並向他道謝。

「這樣算是曖昧嗎⋯⋯我都沒有說我喜歡他。」

「是的，你沒有說，但你還是一點一點沉迷其中。」傅浚

他可能也知道你的心情，但你更怕他的明知故犯。

搖頭苦笑說。

「為什麼你們總是想證明我是喜歡 George 呢？」可汶彷彿又有點生氣起來。

「怎樣也好，最緊要你現在真的覺得快樂，那就已經足夠……兩個人在一起，不論是男朋友、還是普通朋友，開心是最重要的。」說到最後，千蕙微微苦笑一下，然後舉起酒杯，與傅淩一起祝賀可汶生日快樂。

只是之後一整個晚上，可汶一直為著千蕙這段話，而想得太多。

. . . .

其實可汶不止一次想知道，George 對自己有著哪些感覺。

例如，在他教她踏滑板的時候，他一直都有緊緊牽著自己雙手……

例如，在他們一起躺在草地上看星星，他的臉龐就在自己的臉龐旁邊，她可以清楚感受到他的氣息，用同一種節奏呼吸⋯⋯

在她生日的那一個破曉，她偶然回望他，兩人的目光同時交會上，那一刻她可以明確感受得到，他是這麼重視在意自己的一切，他是如今這個世界上最想要了解自己、想要與自己同步的人，因為她自己也是有著同一樣的想法、同一種感受，一種只有處身此時此刻的人，才會體會得到的心靈互通與默契。

因此她告訴自己，又何必要開口去問，何必要去打亂，這一份似有還無的浪漫與默契。

過去，她從來沒有試過和任何一個人，有過這一種感覺。

她不是沒有試過喜歡別人，不是沒有試過展開一段戀愛關係，但每一次對方都會很明確地向她表達自己的心意與想法，不會拖拉太久。是喜歡就是喜歡，是想保持朋友關係，就繼續保持朋友關係，簡單直接，不會有太多猜度與誤解，不會浪費彼此更多心機和時間。

過去，她一直都很推崇這一種「直球式」的愛情，對於別

他不是沒空回應你的訊息，就只是不想回應你的期望。

人寧願花時間與心思一直徘徊在曖昧關係嗤之以鼻。對她來說，一對男女如果曖昧超過兩星期或以上，就已經屬於不正常、不可以接受。「是朋友就是朋友，是情人就是情人，不要說什麼戀人未滿」，她是真心如此認為，並奉為圭臬。

但是對於 George，她發覺不能夠用相同的準則來思考。首先她不認為，George 有浪費過自己的時間，相反在與他交往的這一個月裡，她認識與學習了很多新事物，讓她可以從前所未有的角度去觀察及欣賞這個世界。

而更重要的是，她不認為 George 對自己抱有愛情的喜歡。

「其實，你很害怕寂寞吧。」

「為什麼你會這樣認為？」

可汶看著大海，輕輕地說：「有家不歸的人，都是害怕寂寞。」

George 看了她一眼，然後又看回大海，過了一會才說：「我只是討厭那個家，並不是有家不歸。」

「為什麼會討厭那個家呢？」

「這不是三言兩語就能夠解釋清楚。真的要分析的話，我討厭的是那個家裡的人，我不想再面對他們，但那裡始終是我已經住了二十一年的地方，有著很多很多珍貴的回憶，回到家裡我會感到安心，只是裡面所居住著的人，也會令我感到噁心……很矛盾吧？」

「我不知道，這是不是很矛盾，但是……每天凌晨都在街上徘徊，只為了逃避某些人……這樣不會累嗎？」

「不累啊，我都習慣了。」George 咧嘴笑了一下，又說：「而且有你們陪我啊。」

「除了我之外，你每晚都會找其他朋友一起夜遊嗎？」

「也不一定會找到，因為不是每個人都有空，或第二天不用上班。」

「那找不到朋友的時候，你是怎樣度過的？」

「就跟平時一樣，踏滑板四處去，或是找一間咖啡店看書，

偶爾你會想，如果他真的喜歡你，又怎會捨得讓你如此不安。

又或者像現在一樣，到海邊等日出。」

可汶聽得出，他是刻意說得輕鬆平常，心裡不由得感到有點難過。她問他：「你沒有想過，找另一個人，一起組織屬於自己的家嗎？」

「其實我有計劃搬出來住，也差不多快可以實行了。」

「是你自己一個人嗎？」

「是的。」

「但在香港，自己一個人搬出來住會相當吃力呢……我以前也有過這種想法，但無論怎樣節省金錢，每個月至少要一萬元港幣，對我這種貧苦大學生來說，真的一點都不容易。」

「咦……我還以為你是出身於中產家庭呢。」

「為什麼你會有這樣的誤解啊？」

「你們那一次聖誕節派對，不是在半山的豪宅舉行嗎？」

「那是我們其中一位同學的家裡真的有錢,但不等於我們都是衣食無憂。」可汶輕聲嘆氣,又說:「我現在還是要做兩份兼職去幫補自己的生活費呢。」

「其實我也一直都覺得你很努力,既要上學,又會去打工。」

「就只不過是生活艱難。」她苦笑說。

「那你現在還會想搬出去住嗎?」

「偶爾也會想⋯⋯嗯,是了,會不會有一個可能,我們兩個一起合資,可以租一個更大的單位,而且又可以互相照應。」

George 聞言,回頭看了可汶一眼,她對他回了一個微笑,盡量表現得輕鬆自然。他笑著搖了搖頭,過了一會,他才輕聲說:「現階段我還是想嘗試自己一個人住呢。」

可汶心裡有點後悔,自己剛才的衝口而出。她馬上回他:「我也只是說說而已。」

「其實不是你的問題,是我沒有自信,可以與你們在同一

偶爾,他對你稍微好一點點,你又心甘情願地陷得更深。

個屋簷下和睦地相處。」George 對著大海呼了口氣，又說：「我不想失去你們這些重要的朋友。」

「我不覺得你難相處啊。」

「但相見好，同住難。就好像有些情侶，只要一起去一次旅行，之後就會分手。」

「那如果你將來搬出去住了，如果你到時有女朋友……你也不會打算和女朋友同居嗎？」

「到時再說吧，但是現在這個階段，我也不想談戀愛。」

「還是要專心努力賺錢，盡早搬出去？」

「就是了。」

可汶不知道，George 這一番話，是不是有意向自己暗示一些什麼。只是聽到自己是他「重要的朋友」，心裡還是感到一陣暖意。

他對自己有沒有愛情的喜歡，其實真的不重要。

只要可以繼續互相陪伴，可以一起等待更多個晨曦來臨，那就已經足夠了。

Side Chat 04

J：如果是認真愛過的人，之後又怎可能做回朋友。

M：是因為投放了太多感情，很難再抽離嗎？

J：我不知道其他人是怎樣，但在我和他的情況，我是無法做得到。

M：你們以前有發生過什麼事嗎？

J：我們本身是朋友，只是從某天開始，一切就變得不再一樣……我們會牽手，會接吻，所有情侶會做的事情，我們都有做過，但其他人就只會以為我們是普通朋友，不會有人發現我們有過任何曖昧。

M：那有點像是地下情呢。

J：但是我們之間，其實也沒有認定過什麼……有時也會覺得，就好像是我單方面去為這份曖昧去付出，他想找我的時候，我就會去找他，他不需要我的時候，我就會自動消失。

M：但你說你愛他……但他就只是想與你曖昧，你是在很久以前就已經喜歡他嗎？

J：或者吧，或者在很久很久以前，我就已經偷偷喜歡他這個人，只是自己也一直沒有發現，直到那天，他忽然靠在我的身上，我知道他原來對我有著和其他人不一樣的感覺，我也才發現自己對他的情感，已經不只是好朋友那種程度……我可以為他付出所有，只要他願意，我也可以立即拋開一切，陪他去做任何他想要做的事情。

M：你們這樣曖昧，維持了多長時間？

J：大約一年。

M：之後呢，之後就沒有再繼續下去嗎？

J：有天，他忽然對我說，想做回朋友，這樣之後對雙方都比較好，不會讓我更受傷……但對我來說，這一句話，其實更加傷人……我可以為他繼續默默守候下去，而不問回報，但是他現在就好像一下子推翻我們所建立與累積過的一切，他不想再承認我們有過的快樂與默契，我知道他想要的「做回朋友」，就只不過是急著想要和我撇清所有關係。

M：是他遇見其他喜歡的人嗎？

J：是他重遇以前的另一半。

M：嗯……我明白了。

J：所以之後，雖然他偶爾還是會傳我訊息，想和我再聊一下近況，但是我都只會已讀不回。

M：他後來有跟那個前任復合嗎？

J：沒有……他們應該就只是一直在曖昧吧。

M：你怎知道？

J：我有看那個她的 IG，她最後還是沒有跟現任分手。

M：你追蹤那個前任已經有多久了？

J：不記得了……從最初認識他後不久，我就有追蹤……那時候，他們還是男女朋友。

第五章

/

第一位訪客

踏入四月，可汶已經接近有兩個星期沒有見過 George，也沒有收到他的訊息。

之前每次約會，都是由 George 主動提出。最頻繁的時候，他們幾乎隔天就會見面，即使沒約出來見面，他們也會在 Instagram 用訊息聊天，從不間斷。可汶也已經養成機不離身的習慣，就算在上課或兼職途中，她也會偷偷回覆 George 傳來的閒聊訊息。

然後直到四月一日清晨，她與他在小西灣的海邊看完晨曦，各自回家後，她就沒有再收到他的來訊。

最初，她有想過他是在忙。到了第二天，她開始有點擔心，他是不是出了什麼意外，於是主動傳了一個「Hello」訊息過去。

然後過了一個小時，他回她一個「在」，讓她感到有點不習慣，因為他之前從來不會回自己單字。她問他是不是在忙，他又過了一會才回她「是」。於是她也只好不再打擾他，於是他也沒有再傳其他訊息給她。

她曾經以為，這種情況只會是暫時性的，過兩天他或許會再約會自己夜遊。但是一個星期過去，他也是沒有主動約她。偶爾她可以在自己的限時動態裡，看到他有瀏覽過的紀錄，有兩次還是在她剛發佈後的五分鐘裡。這證明他並不是忙到沒有時間看手機，他就只是沒有時間或心情來理會自己。

理性是如此想，但可汶一時無法適應，這一種像是被突然疏遠及冷落的情況。是自己有什麼做得不好、做得不對嗎？還是自己某些地方讓他生厭了而不自覺？她一直努力倒帶回想，找到更多可能與不安。

或許在最後見面的那一個清晨，自己不應該去問他，將來有沒有可能一起合租一個單位，也不應該去問他，將來會不會與另一個人同居。這些問題她後來每次回想，都覺得自己實在問得太過突兀。可是一切都已經無法重來。

有一刻她覺得，自己原來在不知不覺間，已經被 George 完全支配了所有情緒。她一直以為，自己只不過把他當成一位重視的朋友，一位會繼續互相交心、一起同行一起成長的密友。自己將來會和他繼續不斷夜遊，在訊息聊天、分享各種心事與秘密，累積建立更多屬於他們自己的默契、節奏與回憶。但原來並不是這樣的。他可以像潮水一樣，在一瞬間說退就退、說散就散，而自己一點也無法留住，而她已經不再是未認識他之前的自己。

每到夜深，她就會變得對手機鈴聲與震動敏感起來。她不停告訴自己，何必為一個訊息、他的一次主動而過分緊張，只是每次打開螢幕，見到來訊或來電的人並不是他，心底裡還是會感到失落，然後又會偷偷為下一次的奇蹟降臨而重新期待。每天醒來，她又會打開 Instagram，檢查收件匣、陌生訊息收件匣，甚至被隱藏的陌生訊息收件匣，盼原來是系統出錯、自己原來是不小心看漏了訊息，盼那一天清晨的奇蹟再次出現。但是每一次的失望，都無情地去揭穿她一個人入戲太深這個事實。

她有想過，要不要主動再傳訊息給他，甚至是打一個電話過去，就算只是聽聽他的聲音也好。但每當她想起，自己就只不過是他的普通朋友，想找對方就應該直接去找，為什麼自己要一個人首先想得太多，為什麼要選擇偷偷摸摸、不可以理直氣壯，為什麼要讓自己陷在一個想要去靠近和仰望他的位置……然後她發現，自己原來只不過為著尊嚴與面子而堅持。既然他

他是你的例外，你也是他的例外——他永遠不會為你破例一次。

不會再找自己了，那又何必要主動去討好，如果他已經不會再關心自己這個人，那又何必讓自己在他面前變得更加卑微。

然後她越來越討厭，這一個如此敏感、如此不乾脆的自己。

・・・・・・・・・・

「你怎麼變得這樣失魂落魄？」

星期六晚上，千蕙走上可汶的家，想要問她借相機去旅行用。她按門鈴等了好一會，可汶才姍姍來遲開門。只見可汶披著亂髮，臉上沒有半點化妝，穿著一身淺藍色的運動套裝，就像是一名宅女的打扮。

「什麼失魂落魄啊⋯⋯我在專心追劇。」可汶沒好氣地說，領千蕙進到屋內，關上家門，然後就逕自躺在沙發上，一邊按動電視遙控器，一邊對千蕙說：「相機放在書櫃，你自己去拿吧。」

千蕙微微搖頭苦笑，走進可汶睡房，見到相機被放在書架的中排位置。她拿起相機，見到後面放著幾本關於練習滑板技巧的書，有中文也有英文的。書桌旁邊垂直放著一塊有著粉色斑紋、淺紫色的滑板，在本應只有灰白藍素色的房間裡，顯得格外觸目。

「你不是說你已懂得踏滑板了嗎？為什麼你還看練滑板的書？」千蕙走出房外問。

「難得學會了，我想讓自己的技術可以變得更好。」可汶看著電視輕聲說。

「很少見你會特意去看非小說類的書呢。」

千蕙在沙發上僅餘的空位坐下，可汶的雙眼依然看著螢幕，沒有答話。

「最近過得好嗎？」

「也沒什麼不好。」

「你在看什麼劇呢？」

他想起你，不等於他想念你。他想找你，不等於他想見你。

「好像叫《殺手廢 J》。」

「你不是不喜歡看這類型的劇嗎？」

「也沒有怎樣不喜歡。」

「嗯……是有人介紹你去看的嗎？」

可汶沒有回答。

「我下星期要去東京旅行，有沒有東西要幫你買呢？」

「沒什麼特別想買的。」

「你不好奇，我是和誰去旅行嗎？」

「Alexander ？」

「是啊。」

「那很好啊。」

「嗯⋯⋯那你呢,你下星期會去做些什麼呢?」

「沒什麼特別的。」

「會約 George 嗎?」

又再沒有回答。

千蕙輕輕嘆息,放下相機,然後躺在可汶面前,只見她的臉上帶著淚痕。千蕙輕聲說:「已經多久沒有見他了?」

「⋯⋯你又知道我沒有見他?」

「猜的。」

「嗯⋯⋯」

「為什麼沒再見呢?」

「其實沒特別的原因⋯⋯就只是他沒有找我。」

「他有其他喜歡的人嗎?還是認識了女朋友?」

他留住你,不等於他想擁有你。他不找你,不等於他想還你自由。

「沒有。」

「那……你沒有去找他嗎？」

「你認為我可以去找他嗎？」

千蕙聞言，忍不住苦笑一下，回道：「那要看你自己認為，這個人是不是真的很重要。」

「就算他不會理會我？」

「如果你試過了，但他也不理會你，到時再說吧。」

「這樣……不會讓自己變得很蠢嗎？」

「但現在你也不見得有多快樂。」

「我覺得自己現在還可以啊……」

「認識你十幾年，這是我第一次見到你如此無精打采，就像是世界末日來到一樣。」

「……真的有那麼差嗎？」

千蕙不答，就只是從懷裡掏出一面細小的鏡子，放到可汶面前。

可汶看到了，忍不住馬上皺眉嚷：「我明明已經不去看鏡子了，你這豬頭為什麼還是要拿鏡子出來啊！」

說完這一句話，一直強忍的淚水終於決堤，然後和千蕙躺在沙發上亂笑，心情才稍微好轉一點。

• • • • • • • • • •

只是在那天之後，可汶依然沒有主動去找過 George。

她仍然會想念他，仍然會想要知道他的近況，但每次在訊息裡輸入了問好的文字，最後她還是下不了決心去按下「傳送」，還是會默默把已經寫好的訊息一點一點地刪除。

有時她也不明白，自己為何會變得這樣，為什麼不可以像

然後你又會開始責怪自己，是你太貪心，想要得到他的全部。

千蕙所說那樣，去留住自己認為無比重要的人。

過去她以為，自己對於愛情的態度，都是比較乾脆直接。但是到了這一次她才發現，原來過去真正乾脆直接的，是她的對手，而她只不過是坐享其成的那一方。她從未試過向別人主動表白，也未試過嘗試去留住一個不知道會不會喜歡自己的人。她喜歡別人主動，但不等於她自己善於主動。她嚮往坦誠相對，但不等於她有勇氣去對別人交出真心。她對自己太遲才發現這個事實感到可笑，也不知道如今還可以怎樣做，才能改變這個結局。

或許，從知道 George 不會喜歡自己的那一刻開始，自己就早已經先行認輸了，不敢再去踏前一步，寧願留在那個名為朋友的身分裡，貪戀那些他偶爾才會分給自己的溫柔。然後他漸漸走遠了，與其說自己沒有能力留住他，不如說自己只不過不想最後徒勞無功，換來更多失望之餘，也讓自己輸得更難看。

是的，不想認輸，但其實早已輸了。不想沉溺更深，但原來早已經沉得不能自拔。

之後的兩個凌晨，她都試過自己一個人，去深水埗的 Night Café 呆坐。但是坐到咖啡店打烊了，她也沒有碰到 George。

她也試過踏著滑板，重遊一些他們以前去過的地方，去可以看到日出的地方，等待他的出現。但最後她都只能失望而回。

然後到了四月第三個星期五的夜深，可汶忽然收到了 George 的訊息。

那天晚上，她一個人漫無目的地，在市區不停乘巴士四處遊走。從晚上七點開始，乘上了 1A、6、102、118、12A、8 號巴士，去過觀塘、美孚、筲箕灣、長沙灣與黃埔，差不多快要到深夜十一點，她還是沒有想要回家的感覺。

是因為自己真的沒有回家的心情，還是因為想了解多一點 George 不想回家的那種情緒，她自己也分不清楚。如果這一班車，可以送自己到 George 的面前，那有多好。她心裡不止一次有過這樣的奢想，然後又一而再暗笑自己太傻。只是想不到，當巴士駛到尖沙咀碼頭總站，她下車後習慣性地拿出手機來看，竟然真的見到有一個來自 George 的未讀訊息。

『今晚有空嗎？』

傳送時間是 10 時 32 分。她有點自責剛才為何會聽不到訊息信號聲，然後立即回道：

然後又會自我安慰，至少你們是一對平行線，可以永遠結伴走下去。

「有空啊」
「你忙完了嗎」

傳送後，她又開始有點後悔，「你忙完了嗎」這一個訊息，好像是有點多餘，好像是她在向他抱怨。但是 George 很快就已讀了訊息，她已經來不及將訊息回收。

『我搬到新家了』
『賞面來參觀嗎』

然後他又傳了一個地址給她，是在太子區。

她沒有回答他，也沒有讓自己想太多，就只是立即乘上會經過太子區的 1 號巴士，二十分鐘後已去到他的新居樓下。

乘電梯去到他所住的樓層，她調整了一下呼吸，輕輕按動門鈴，不一會大門被打開，George 穿著一身居家服，微笑對她說：「一直等不到你的回覆，我還以為你不會來呢。」

「不歡迎我嗎？」她淡淡地問。

「怎會不歡迎。」他側身讓她走進屋內，又說：「你是第一位來參觀這裡的人呢。」

可汶心裡有點感動,問他:「你這陣子都是忙著在搬家嗎?」

「是啊⋯⋯最近都累得很,但終於搬好了。」

然後他就開始領她參觀他的新居。單位的面積不算很大,大約有四百呎,牆壁髹上灰白色的油料,有一種工業風的感覺。

她注意到,廳裡有很多木製傢俱,例如吊燈、茶几、飯桌、書櫃、座椅,而且均雕刻著典雅的圖紋。他告訴她,這些都是他以前製作的電影道具,電影拍完後一直放在倉庫裡,現在終於可以重見天日。

廚房是屬於開放式,擺放著一座木製的吧檯,上面有著一杯不知道是盛裝著咖啡還是酒的玻璃杯。吧檯旁邊有一扇窗戶,如果坐在那裡,可以看到樓下五光十色的街景。

「你跟我來。」

他忽然對她說,拿起放在吧檯的鎖匙,領她踏出屋外,將

但其實,你們只是短暫交會過,不等於可以一直同行到老。

大門鎖上。

她以為他是想帶她到附近遊逛，怎知他不是去乘搭電梯，而是走到旁邊的後樓梯，上一層樓，去到天台。

只見天台的正中央，豎立著一尊歐陸式的街燈，淡黃色的光芒照耀著整個天台。左邊放著兩張木製的度假椅、一張小茶几，George 回轉身，笑著問：「你覺得這裡如何？」

可汶抬起頭，環看四周的風景，附近的樓宇並不太高，只有幾幢略高於他們身處的大廈，因此這裡可以看到相當遼闊的天空，她看到一點微細的飛機紅燈，在天上滑翔而過。

往東的方向，可以看到一座大球場，視野幾乎一望無際。她指向遠處帶著幾點亮光的山峰，問他：「那邊應該是獅子山吧？」

George 搖一下頭，微笑說：「是飛鵝山，日出時太陽會從那邊出來。」

可汶臉上一紅，但還是笑著回道：「這裡的氣氛不錯啊，這個天台是屬於你的嗎？」

George點點頭，有點得意地說：「月租一萬三千元，附送這個天台，很划算吧？」

「是不錯，但你負擔得來嗎？」

「幾乎用盡儲備來付按金了，之後就要努力工作，省吃儉用好一陣子。」

說完，他在其中一張休閒椅坐下，可汶也坐在另外一張椅上，又問他：「為什麼突然決定搬出來啊？之前都沒有聽你提起過，要提前執行搬家計劃……」

「計劃永遠趕不上意外和變化呢……」George躺在椅上，嘆了一口氣，對她說：「抱歉這陣子都沒有找你，因為一直都在忙。」

「都在忙些什麼？」

「首先是找這個地方……差不多找了一個多星期，看了十數個租盤，才找到這裡。之後就是進行簡單的裝潢，購買必需的日用品，然後因為省錢，只能夠一點一點搬運和組裝傢俱，再整理和打掃好，將舊居的衣物搬來這裡……處理好一切瑣碎事，不知不覺就來到了這一天。」

可汶靜靜的聽著他這一次搬家的各種點滴，心裡一直想問，為什麼過去這段日子，他一次也沒有來找尋自己。然後她又回想起，自己這段時間有過的難耐與寂寞，那些一個人內耗與迷惘的時光，在知道他所承受的變故、忙碌與疲累之前，如今彷彿都顯得是多餘的自尋煩惱，沒有意義。她心裡苦笑一下，別過臉輕聲說：「你也可以找我幫忙啊。」

「你這陣子不是要準備考試嗎？我怕會影響你，所以就沒告訴你了。」

「……你現在有變得開心一點了嗎？」

「為什麼突然這樣問啊？」

「你沒有找我，除了不想打擾我，也是因為你遇到一些連自己也不知道如何排解的情緒與鬱結，所以才不想讓我發現到……」

忽然，可汶感到自己被緊緊抱住，她心裡微慌，回頭一看，是 George 用雙手從旁將她緊緊抱住。但下一秒鐘，他又已經將手鬆開，對她說：「對不起。」

「你又為什麼道歉啊……」

「因為我這段時間沒有找你。」

「但現在你第一個想要找的人，是我啊。」

「這晚我找你來，除了想讓你參觀，也是另有原因的。」

「另有原因？」

然後，他將剛才從吧檯帶出來的那串門匙，放到她的手心裡。

「這是？」

可汶心裡驚訝，但還是努力讓自己表現得不為所動。

「後備門匙。」他對她輕輕微笑，但是不知為何，她可以從他的雙眼裡，感受到一點點像是小孩子的慌張。「你可以幫我保管這串門匙嗎？」

又有多少次，你因為等不到他的晚安，而失落失眠。

「為什麼……」

可汶一時間不知道應該如何說下去，是應該問，為什麼這串後備門匙要交給別人保管，還是應該問，為什麼你要交給我保管？

「因為……」他忽然搔了一下頭，有點害羞地說：「我怕有天不記得帶門匙出門，會被反鎖在外啊。」

可汶聽到他這樣解釋，不由得哈哈大笑起來。原因其實就只是這樣簡單。她問：「你以前一定試過不記得帶門匙吧。」

「其實……」

「嗯？」

「我昨天試過一次……」

可汶又忍不住爆笑，George最初還有點無可奈何，但漸漸也和她一起大笑起來。過了一會，可汶又問他：「你不怕我之後上來搗亂你的家嗎？」

「你想什麼時候上來，我都非常歡迎。」

他看著她說，雖然仍然在笑，但是她感受得到，他目光裡埋藏著的疲累與寂寞。

「好吧，我就幫你保管。」她從他手裡接過門匙，又說：「保管費每天一百元，即時生效。」

「……女俠，我沒有錢，可以肉償嗎？」

「怎樣肉償？」

然後他輕輕吻了她的額頭一下。

接著他向她說聲謝謝，一個人離開了天台。

結果，她一直留在天台，直到過了凌晨，才想起自己應該要離開。

結果第二天，她有點發燒了。

偶爾你會想，是從何時開始，你們的曖昧無法變更加認真。

Side Chat 05

O：有些人說，曖昧之後，能否繼續做朋友，要看對方的人品……那我覺得，那些只想玩曖昧的人，基本上就不可能再做回朋友。

M：重點是他們玩曖昧嗎？

O：有些人根本就是有心玩弄別人的感情啊！例如明明已經有另一半，卻假裝自己單身，或是對所有人說和另一半感情轉淡了、想要分手，但其實就沒有這一回事……然後就裝作不小心地和不同的人發展曖昧，讓他們覺得自己還有機會，然後當對方想要認真時，才說自己有另一半，或是有喜歡的對象，不能夠和對方發展。

M：但其實就從來沒有想過要和對方發展。

O：是啊，又有些人，是沒有另一半，但他們的心態就是在養魚，不想和任何人發展認真的關係……就算對方已經為他付出過太多，他也不願意答應或承諾一點什麼，這種人完全沒有半點同理和責任心，又怎可以繼續做朋友。

M：嗯……在最初的時候，也是很難看得出，他們原來是這樣的人。

O：以前以為，漂亮的人才會這樣，但原來外表不出眾的人，也是可以這樣不認真……到最後我發現，如果一個人是有心想尋找或發展一段認真而長久的關係，那他們通常不會想和對方曖昧太長時間，曖昧期只是暫時的醞釀或催化過程，如果是想和對方在一起，就會想方法去打破或走出那一個階段。

M：但有些人會因為缺乏勇氣或信心，而不敢開口……然後又會想，對方可能也是跟自己一樣，才會一直這樣不明不白、若即若離？

O：愛情劇是會這樣演，但現實又怎會容許太多這樣的情況發生？曖昧其實是很耗費雙方時間與心力的一個過程，偶爾猜心可以很浪漫，但猜心猜得太多，就很容易感到不安，漸漸又會變得不再投入、失去熱情……誰又會捨得錯過，自己其實也真心喜歡的人？

M：又或者是當事人早已認定，對方是不會喜歡自己，自己不可能和對方在一起？

O：若是這種情況，而如果對方也早已隱約感受到這些心情，但還是會選擇繼續這樣曖昧下去……那是否也可以想，這個人還應該繼續交往下去嗎？就算只是做一對純粹的朋友，又真的會感到快樂，感到心息嗎？

第六章
/
不可以去問的問題

可以和 George 再見,對可汶來說,是一直期待發生,但是又不敢太過奢望的一個奇蹟。

只是當可以重新共處,她漸漸又會感受到,一種之前沒有的緊張與不安。

為什麼會覺得不安呢?明明已經可以再與他往來,他不會再突然疏遠,自己也擁有他家的門匙,他歡迎自己上去參觀,只要想見,就隨時都可以見到。

但是她反而不敢太快去主動靠近。

她仍然記得,他之前說過,不想和其他人同居,他想搬出

或許從一開始,在你認真喜歡他的瞬間,這個故事就已經註定了結局。

來住，也應該是想要體會一個人生活的滋味。所以在最初的時候，她從未主動向他提出過，要去他的家遊玩參觀。她經常都會提醒自己，他只是將後備鎖匙留給她，不等於她就真的擁有踏進他這個家的身分與資格。

只是 George 彷彿沒有她那麼多顧慮。每隔幾天，他就會找個理由，要她去他的家作客。有時是他下班後，邀她在他的家裡一起吃晚飯。有時是邀她一起去添購傢俱或日用品，或請她為家裡的擺設給予意見。有時是凌晨和她一起在天台研究天文學，練習滑板技巧。有時是他在家裡研發出新的雞尾酒，她去擔任他的試酒員或試毒員。

而當中最讓可汶感到難以招架的，還是他有時突然的似有還無。

有一次，他買了外賣，她到他的家一邊看電視一邊吃晚飯。飯後她到廚房幫忙洗碗碟，為免弄濕，把當日右手佩戴的皮革手錶，除下放在吧檯上。然後當洗好了碗碟，她回頭想戴回手錶，發現自己的手錶不見了，但同一位置卻放了 George 平時所戴的 G-SHOCK 手錶。

她問他：「我的手錶呢？」

他舉起右手，只見皮革手錶已被戴在他的手上。因為他的手臂不算十分粗壯，手錶戴在他手上，也沒有顯得很不合適。他對她咧嘴一笑，說：「我們交換手錶戴一天吧。」

可汶不知應該如何回應，就只是笑了一下，不置可否。

後來他們交換了手錶一個星期，他還為手錶拍下照片，放在 IG 的 stories 裡，並 tag 上可汶的賬號。除了這次的交換手錶，可汶發現他很多時也會特意在 stories 裡 tag 她，即使那張照片裡沒有她的身影出現，例如就只是在天台隨意拍攝的夜空照，又或是他們剛好在電視聽到的某首歌歌詞。其實他沒必要一定要 tag 自己，但他還是 tag 了，而她也漸漸會為他的這些舉動而心裡竊喜，即使她還是分不清楚這當中有著什麼含意、可以證明什麼。

偶爾，他又會刻意喚她的全名「程可汶」。

最初她也是沒有太在意，直到他這樣呼喚自己的次數越來越多，終於有一次她忍不住問他理由，他就只是笑答：「你喜歡的話，也可以喚我的全名。」

問題是，她從來都不知道他的中文全名。他彷彿猜到她心裡的想法，找了一張紙和一支筆，然後在紙上寫下「游牧雲」。

後來每次和他抬槓或說笑，說到認真的時候，她都會故意喚他這個全名。每一次他都會表現得欣然接受，反而是她心裡會感到一點兒不自在。

可汶心裡知道，自己在不知不覺間，已經被 George 改變了很多日常處事的看法，還有生活上的一些習慣。從前她不會夜歸，但現在乘搭通宵巴士已經變成她的日常。從前她習慣跟從日程表來生活，但現在她開始適應他突如其來的邀約或更改計劃。從前她不喜歡無止境地空等，但現在她開始培養了等待他的耐心。從前她不是一個願意主動去接觸新事物的人，但現在她幾乎每星期都會找到新的興趣與目標，等著哪天和他一起完成。

她不介意被改變，她只是有點驚訝自己原來可以這樣容易被改變。在不遠的將來，自己還會變成哪一種模樣，她既期待，也感到不安。偶爾回望這段認識他的時光，她都會問自己是不是陷得太快太深。他將自己當成好朋友，但自己又是否可以用同一種心態、站在同一個高度，和他坦然相對？會不會其實自己早已被他過度支配一切情緒感受，而自己仍奢想他沒有發現這個實情，原來就只有自己還在飾演這一齣假裝友好的戲碼。

當 George 偶爾會因為忙於工作賺錢，接連一整個星期都沒有空餘時間約她，在那些一個人思念與寂寞的夜深，她都會深深感受到自己的軟弱和失落感，還有對各種未知的不安全感。

「真要說的話，你並不只是被改變了，你是已經忘記了自己的底線。」

在聽過她這些煩惱與不安後，傅浚第一句就這樣說她。

「底線？」

她不明白，看著傅浚等待他進一步解釋，但傅浚像是懶得再說下去，只是反問她：「你有想過和他在一起嗎？」

可汶其實不止一次想過這個問題，也總結了他們沒有在一起的八大原因：

1. 他未必喜歡她
2. 她未確定自己是不是很喜歡他
3. 他似乎不想更進一步發展
4. 她沒勇氣開口去突破現狀
5. 其實現在的相處，也很快樂
6. 如果要在一起，就早已經在一起了
7. 如果將來分手了，連朋友也做不成

8.如果他拒絕自己，連朋友也做不成

只是想是這樣想，可汶內心對他的情感，卻是與日俱增。她總是會反問自己，真的甘心只可和他如此友好嗎？現在和他偶爾可以這樣似有還無地親密，難道就真的不想去知道他內心的真實想法與答案嗎？

「可不可以在一起，這個問題真的那麼重要嗎？」

她這樣回答傅淩。每次想得太多太多，她最後也是會這樣反問自己，讓自己不要再無止境地亂想下去。

但傅淩並不是可汶腦海裡的另一個自己。他苦笑一下，對她說：「是可以不重要的，如果你最初所追求的，就是現在這一種曖昧不明的關係，這一種似甜非甜的心跳與刺激感。有些人是從一開始就目標明確地如此追求，當得到了，就會安於現狀，或是再去追尋更多這一種感覺，不會去想什麼可不可以在一起，因為這的確不是他們當初最想要去知道或確認的答案。而你呢，你也是這一類人嗎？」

可汶知道自己不是這類人，她以前也試過看不起沉迷於曖昧的人。只是來到這天，自己彷彿已變成從前看不起的那些人。

她不想承認這個事實，但是漸漸也無法再為自己尋找更多藉口。

「並不是完全不重要⋯⋯我只是覺得，現在還不是適當的時候去開口。」

「那麼何時才是最適當的時候呢⋯⋯」傅淩又苦笑一下，輕輕對她說：「其實，你想不想開口，想不想去打破現狀，並沒對錯之分。你覺得現在想去開口，那就是適當的時候。你覺得現在不是適當的時候，也沒有必要去勉強自己做些什麼。最重要的是，你自己真的覺得開心，在這一刻真的沒有覺得太過委屈，沒有讓你自己變得更卑微或不安，然後漸漸變得不懂得再快樂起來。」

後來，可汶不時都會將傅淩的這番話，作為與 George 繼續相處交往的一個指標。

平心而論，她覺得自己快樂的時候，還是明顯地比較多。若是按比例來說的話，那應該有著 8 比 2 的程度。雖然偶爾會因為見不到他而感到寂寞，偶爾會因為他的突然過度親近而感到惶惑、會因為他之後又表現得「只是朋友」的刻意保持距離感到無奈或生氣，但她清楚感受得到，他是真的重視自己、需要自己，自己並不是一個沒有關係的過客，她在他心裡的地位與

而最傻的是，你以為換個相處的方式，就可以挽回他對你的熱情。

情誼，之後也應該會越來越重要。

相較那八成的快樂，餘下那兩成不快樂的時光，只要自己不去鑽牛角尖地想得太多，其實真的一點都不重要。

只要眼前的人，也跟自己一樣，會珍惜和享受，如今只屬於「我們」的快樂與自在……

「程可汶。」

「嗯？」

五月的最後一個晚上，她和 George 躺在天台的休閒椅上，喝啤酒看星。

「不如，遲些我們一起去西藏看星，好嗎？」

「現在我們不是也正在看星嗎？」

「你知道嗎，在西藏的海拔高度，一般都至少有 4000 公尺……我們這個天台的高度，又怎麼比得上啊。」

「4000 公尺嗎……那麼星星一定也會變得更大更明亮吧？」

「西藏的光害也沒有這裡嚴重。」

「是啊。」

「程可汶。」

「嗯？」

「你還沒回答我，要不要一起去西藏看星？」

「你想什麼時候出發呢？」

「下一個秋天？」

「好啊。」

她說完這一句後，只覺得自己的左手，被他的右手輕輕牽住。

「喂，游牧雲。」

以為只要你也嘗試對他冷漠、已讀不回，你們就處於一個對等的位置。

「嗯？」

「沒事了。」

有些事情，又何必再問下去。

只要此刻仍然可以感受到，他手心的這份溫暖。

只要明天醒來的時候，他仍然會牽著自己的手……

後來每次回想起這一幕，她都會取笑自己，為什麼不好好把握機會去問清楚。

• • • • • • • • • •

踏入六月，George 獲得一名資深導演的邀請，想要他擔任一齣電影的美術指導。

雖然電影還未正式開拍，但每當有空餘時間，他都會思考如何設計電影場景、搜集各種資料和美術素材，假期時又會和導演及編劇開會，並四處尋找合適的拍攝場地。

可汶知道對 George 來說，這一次是難得的機會與肯定。因此如非必要，她也不會主動找他。

雖然就快要放暑假，她的空閒時間變多了，但她為自己找了兩份日間兼職。晚上如果知道 George 不在家，她會到他的家打掃，為冰箱添購食物和啤酒，每次也不會等他回來就自行離開，不會告訴他自己有來過。直到他有空閒想要邀約自己，她才會帶著微笑出現在他的面前。

千蕙取笑她像是《哈利波特》裡的家庭小精靈，但願她將來可以成為他成功背後的女人。可汶感到哭笑不得的同時，也為自己竟然可以這樣默默地支持 George，而有點覺得不太像往日的自己。

她想起在兩個月前，他因為忙著搬家而與她暫停往來，那時候的自己極度缺乏自信、很容易感到迷失。現在的他也是一樣忙碌，只是她已經不可能再讓自己如此負能量下去。並不是她可以不再像從前那樣太過重視他，只是經過這兩個月的相處，彼此一起建立過無數的默契與信任，雖然她的身分依然只不過是他的好友，但她如今可以有更多的自信與力氣，在不可以見

有時你會害怕，他太習慣將你的付出視作理所當然，但從不珍惜。

到對方的時候，去安心思念這一個也會一樣在意自己的人，而無須再去刻意做些什麼，去求證自己的位置或名分。

「首先我真的很為你感到高興，你現在不會再像之前那樣迷失與難過。」千蕙聽完可汶的內心分享，笑著這樣對她說。「但你說你現在不會再去做些什麼刻意求證你們的關係，或許並不是你真的沒有再去做了，你就只是用一種你覺得比較舒服的方式與節奏，來繼續對他好、讓他感動。試想想，其實你沒有必要去為他的家打掃，也沒必要做到不想讓他感到有半點煩擾，因為你們是朋友啊，但你還是刻意去為他這樣做了。」

可汶聽到後，也沒有反駁太多，就只是說：「只要他會開心，我就覺得已經足夠了。」

「喜歡一個人的時候，誰不是這樣想呢？不過越是名不副實，有時反而越會去刻意求證，越會執著以自己覺得最好的方式，去令對方和自己快樂。但就像從前你勸過我的那樣，最重要的是，你自己現在也真的有覺得開心。」

「嗯，我知道。」

然後，為了努力去保持這一種「開心」的狀態，可汶訂立了一些計劃與行程,讓自己可以過得更充實,避免自己有任何機會去胡思亂想。

星期一和星期四的晚上,她會到附近的公園練習滑板技巧。星期二,她會去電影中心看一至兩齣電影。星期三,她會到書店閱讀電影和美術有關的書籍。星期四,她報名了一個陶瓷的工作坊。星期六,她會去運動場跑步鍛鍊體能。

一點一點地,去拉近和他之間的距離,並向著他們的未來前進。

然後到了七月的第一個星期四。

晚上,她一個人練習完滑板,回家時路過旺角,無意中見到 George 的身影。

但可汶沒有上前呼喚他,因為她看到他的臉上,有著一種自己從未見過的目光與表情。

她循著他的視線方向看過去,只見街道的另一邊有一對情侶,神態親密地手牽著手,朝著他的位置走近。

有時你更害怕,你太習慣將他的冷漠當成舒適圈,而不懂遠離。

然後就在情侶應該就快會注意到他的存在時，他驀然轉身，背對他們，並快步離開。

可汶依然沒有呼喚他，就只是繼續站在原地，遠遠看著他和那一對情侶分別遠去。

然後那一個晚上，她還是不能自控地想得太多。

. . . .

「今天晚上有空嗎？」

到了星期六的下午，可汶接到 George 的電話。

「有空啊，你約我嗎？」可汶輕聲笑答。

「今晚我會和家人吃飯，想你陪我出席。」

說完這一句，George 輕輕嘆了口氣，可汶的心情卻迅即緊張起來，因為她從未見過他的家人，而他平時也甚少主動提起他們。

她只知道，他與家裡的關係一直都不太好，基本上已經去到水火不容的程度，也因此他之前才會一直寧願夜遊也不歸家，到最後更突然決定自己一個人搬出來獨居。

為什麼他忽然會想與家人一起吃飯？為什麼他會邀請自己陪他出席？可汶無法猜到當中的含意，但可以見到他的家人這一點，對她來說有著莫大的吸引力。

「你的家人……會不會很麻煩或古怪的啊？」她裝作不情願地問。

「嗯……是有一點，但到時候你不用理會他們，如果他們問起一些什麼，你不知道如何回答，也不用勉強去開口，總之有什麼事情我都會幫你擋駕。」

「你這樣說，我反而更擔心呢……」

「嗯……我也知道這確實是有點奇怪。」

「傻瓜，我作弄你而已。今晚約幾點鐘呢，要穿得漂亮一點嗎？」

可汶笑著回他，雖然她心裡真的覺得，他這次的邀約不像他平日的作風，有著說不出的彆扭，但是從他的刻意裝作平靜的聲線和語調裡，她還是感覺到一些疲累、無助與軟弱的情緒。她好想知道他近來發生了什麼事，好想知道這一刻的他，會有著怎樣的目光與神情。

晚上，他們約在旺角一家五星級酒店的門前。George 在電話裡告訴可汶，這夜不用盛裝出席，只要照著平日的打扮就可以。但她還是花了一個小時化了一個淡雅的妝容，搭配深藍色的連身及膝裙、灰藍色碎花外套，再穿上一對黑皮鞋，出門前她對著鏡子仔細審視一輪，相信這身打扮應該可以與 George 互相配襯。

「你這晚很漂亮呢。」

George 見到她，第一句就這樣稱讚。她微笑一下答謝，心裡慶幸自己最後沒有挑選另一款比較文青風的長裙。這晚 George 就只是穿了一件闊身的灰色恤衫、白色 T 恤及淺藍色牛仔褲，再加上黑色皮鞋。George 也有留意到她這晚同樣穿了黑皮鞋，於是和她相視而笑。

他領她去到酒店的中菜廳，跟門前的接待員說了一聲，接待員帶他們去到一間廂房，只見裡面已經坐著六個人。其中兩對是比較年長的夫婦，可汶猜他們大約有五、六十歲。另外還有一對年輕男女，可汶立即就認出，是早兩天在街上遠遠見到的那對情侶。

George 領著她，坐在下首的座位，與那對情侶相隔最遠。她留意得到，他的神情比平日顯得緊繃，身上散發著一種無形的冰冷感。她從未見到過他的這種姿態，再回想剛才在酒店門前所見到的他，其實當時他就已經顯得和平常不太一樣，彷彿如臨大敵，但又滿身破綻。

他向可汶介紹，坐在他旁邊的是他的父母，然後坐較遠那一對笑容可掬的夫婦，是他的伯父與伯母。可汶禮貌地向他們打招呼，並自我介紹。然後她留意到，所有人都沒有再作聲，但目光都移向 George，像是在等他向可汶介紹那一對情侶的身分與名字。可是 George 恍如不覺，就只是一臉傲然地拿出自己的手機來撥，可汶知道他是故意如此，於是也沒有再說什麼，裝作沒發現其他人的目光。

過了一會，年輕男生自己打破悶局，向可汶笑說：「很久沒見了。」

但來到這天，已經不只兩個月，你們沒有更進一步，你還是捨不得放手。

可汶心裡一愣，禮貌地問：「你是……？」

男生見到她這種反應，像是有點意想不到，忍不住微微苦笑一下，然後說：「我叫阿立，是他的堂弟……這位是我的女朋友 Ivy。」

「你們之前認識的嗎？」

坐在阿立旁邊的 Ivy，忽然嬌嗲地插口，但可汶也立即感受到一點輕微的敵意。Ivy 是一個留有一頭曲髮的漂亮女生，臉上的妝容讓她看起來清秀脫俗，從她的頸飾與襯衣款式也可以看得出她善於穿搭打扮。只是可汶還是對這個女生無法產生更多好感，而她依然想不起，自己什麼時候見過阿立這個人。

阿立搔搔頭，看了一眼可汶，又向 George 望過去，只是 George 仍是一副事不關己的冷漠姿態。這時 George 的父親忽然插話：「程小姐現在是和阿雲住在一起嗎？」

可汶沒想過 George 的父親會突然在席上向自己詢問這種問題，想起這幾個月來和 George 的相處，臉上不由得微微紅了起來。她望向 George，見他一臉溫柔地向自己微微搖頭，像是提醒她這夜可以不用開口回答任何問題。於是她讓自己微微笑了一下，當作回答。

「你們現在是住在哪裡？」George 父親繼續追問。可汶早已猜到，George 沒有告訴家人自己的新居地址，她忍不住又向他看了一眼，想知道他打算怎樣回答，還是繼續打算沉默以對。

「與你們有關嗎？」但 George 就只是這樣冷冷地說。

George 父親重重哼了一聲，像是有些生氣。一直帶著微笑的伯父，這時笑著打圓場：「既然人齊了，我們就先點菜吧。阿雲你變瘦了，平時要吃多點東西才可以啊。」

可汶回想，最初認識 George 的時候，他的體型真的略微偏瘦，但是自從他搬出來後，他反而有一點一點長肉，絕對未去到「變瘦了」的程度。

「如果我變瘦了，也是多得你們一家人吧。」

George 說完這句話，廂房裡的氣氛又再次降回冰點。可汶留意到，伯父的臉色也開始變得很不好看。

「伯父是你的長輩，你應該要好好尊重他，說話怎可以這

然後有些人會享受，這一種不會斷聯，但又可以不斷得到甜蜜的曖昧。

樣沒大沒小！」George 父親首先忍不住爆發。

「你們跟我說尊重？」George 冷笑一聲，反問：「你們這夜辦這一場飯局，勉強我來出席，這樣也叫做尊重？」

「我們是一家人！難得阿立從美國回來，我們當然要一家人好好吃一餐飯。」

「他回來是他的事，你們是一家人，而我就只是外人，你們有你們的相親相愛，又何必要我來看你們這齣爛戲？」George 說完這一句，整個人站了起來。

可汶從未聽過 George 對任何人與事，表達如此強烈的情緒。她如今可以清楚感受到，他是有多厭惡自己的家人。只是她也開始不明白，如果他是這麼不情願，為什麼最後又會答應出席這一次飯局。

「George，你就不能夠好好地跟你爸爸媽媽說話嗎？」

忽然，Ivy 輕輕地這樣說。她看著他的眼神，像是對 George 的吵鬧感到很不以為然。

然後可汶留意到，George 這夜原本一直刻意表現出來的冰冷目光，多了一絲無奈、委屈與不捨。她不由得猜想，他們之間曾經發生過什麼事，以前兩人之間有過什麼關係。

「你現在到底是要坐下來，和大家一起好好吃飯，還是要弄得大家尷尷尬尬，不歡而散？」

但 George 父親很不合時宜地爆出這段話，George 的臉色又再次回復之前的冰冷，他重重地對所有人冷笑一下，像是就要準備發難。

這時可汶卻突然站起，伸手攔住他，然後臉帶微笑，對在場的人溫和地說：「不好意思，我們選擇不歡而散。」

說完，她就挽起 George 的手，在所有人詫異的目光下，和他離開了廂房，離開了中菜廳，離開了酒店。

她挽著他的手，默默地往前一直走。他有好幾次低下頭來看她，但她還是裝作沒有看見，沒有半點無奈。

最後他們穿過彌敦道，去到麥花臣球場，走上看台的最高層，在角落的座位坐了下來。

但當有天，對方連日常也不想和你分享，那種反差可以比陌生人更不如。

「對不起。」

他輕輕說。

「為什麼要道歉呢？」

她問他。

「抱歉讓你看到這場鬧劇。」

「但我愛看啊。」

「你愛看？」

「因為我見到，跟平時不一樣的你。」

聽到她這樣說，他微微苦笑起來。

「你沒有什麼問題想問嗎？」

「你都會回答嗎？」

他輕點一下頭。

可汶看著他，深深吸了一口氣，回想這些日子以來，所發生過的一切，自己最初怎樣遇見他，自己曾經為他如何執迷，自己和他一起度過多少個夜深，一起累積了一些回憶與默契，一起為彼此留下一些，不可以去問清楚的謎題與界線。

然後來到這一天，她依然可以陪在他的身邊，她依然挽著他的手，他告訴自己會回答任何問題……這應該是她一直都夢寐以求的心願，她應該去問他那一條，自己一直以來最想要知道答案的問題。

只是這一刻，她看著他的雙眼，心裡感到一點難以言喻的悲哀。

她將目光放回自己的黑皮鞋上，輕輕放開了他的手。過了一會，她決定要去問他，這一個其實不應該去問的問題：

「在我第一次遇見你之前，其實你早就已經認識我……是嗎？」

然後，過了很久很久，她終於聽見一個，讓她無比心痛的

即使旁人可能會覺得你們很親密，但就只有你們知道，你們之間的實際距離。

答案：

「還是讓你猜到了。」

Side Chat 06

Q：我們現在還是朋友，每個月也會見面一次，偶爾也會和他的另一半一起晚飯。

M：已經多少年了？

Q：都快十年了。

M：十年……你們的感情真的很不錯啊。

Q：嗯，他是一個很重視友情的人，對人也很親切友善，沒有架子，大家都喜歡和他做朋友。

M：那你呢，你也喜歡和他做朋友嗎？

Q：如果不喜歡，又怎會和他一直做朋友呢……而且這些年都已經過去，很多事情也已經習慣或適應了。

M：曾經有過不適應的時候嗎？

Q：我和他……嗯，我們最初只是網友，後來因為參加網聚而開始見面，才慢慢發展成真正的朋友……有一段時間，我們會經常傳訊息聊天，他也試過特意為我慶祝生日，然後就在我以為他應該是喜歡我的時候，他忽然告訴我，他找到喜歡的人了，之後更變成了他的女朋友。

M：當時的感覺會很難受嗎？

Q：有一點點吧……那時候我告訴自己，其實我本來也不是很喜歡他，雖然有過曖昧，但我們也沒有承諾過或認定過什麼，我自己也沒有陷得太深，至少我還可以全身而退……所以即使他交女朋友了，我和他還是會繼續在訊息裡聊天。

M：不會再有半點曖昧嗎？

Q：我也分不清楚有還是沒有……或者是我不想面對吧，他待我其實就跟從前一樣，只是我開始會想，會不會就只是我單方面以為那是曖昧，但對他來說，那只不過是他平時對待好朋友的親切關心，而不是只屬於我的曖昧親密。

M：就好像是自作多情。

Q：是的……然後，看著他與女朋友變得越來越親近，我心裡竟然越來越感到難受，那時候我才發現，自己原來已經錯過了這個人。

M：但……最初你不是也沒有對這份曖昧太認真嗎？

Q：沒有太認真，或許只是因為我太後知後覺？可能是這樣，也可能其實不是這樣，只是之後有很長一段時間，我都陷在這種自己是否已經錯過了、自己是否應該要早一點爭取的迷思之中……而且還延續了很長很長的一段時間……後來，他與女朋友分手了，我們每次見面，他都會和我分享失戀的難受，但當時我很想告訴他，我也一樣感到難受，我也好想和他在一起……但我最後還是沒有告訴他，兩個月之後，他又交了新女朋友，我又再一次感受到那一種失戀的滋味。

M：你有想過不要再和他友好下去嗎？

Q：但是我也變得越來越不捨得……而且他對朋友真的很好，他是真心對待每一位朋友，我真的找不到可以疏遠他的理由或藉口。

M：嗯……不過我想，如果我是你，之後也會感到更難受，甚至有時會受不了，是嗎？

Q：是的，但有天我還是會習慣，還是會適應的。

M：又或是有天你會終於下定決心，和這個人不要再見？

Q：都已經十年了……這樣的情誼，我知道以後很難再找得到，即使他不會知道我喜歡他，但他永遠都會是我最想要留住的人。

第七章
/
從台北學成歸來之前

兩年前,中學畢業後,George 決定要去台北升學,修讀電影創作與技術。

他的父親,是一位性格容易暴躁、情緒主導的大男人。因為工作勞累與壓力,每次下班後,他都會將情緒發洩到家人身上,輕則辱罵,重則動武。母親每次被打,都只能選擇忍氣吞聲。George 年幼時無法反抗,因此每次父親回到家裡,他都會找藉口說去鄰居的家做功課。

而每一次,他都會去 Ivy 的家看電影。

他與 Ivy 住在同一樓層,從幼稚園開始就已經認識。雖然升上小學後大家各自不同班,但他們還是經常結伴一起遊玩,是

也有人說過,還在曖昧時,就做了一般情侶會做的事情,通常都不會在一起。

名副其實的青梅竹馬。

Ivy的爸爸是一位電影迷，家裡書房收藏了無數電影影碟，而且擁有相當高級的投影與音響設備。長期耳濡目染下，George也因此變成一位戲痴。他覺得電影的世界可以賦予他無窮的思考與想像空間，也是可以讓他得到喘息的一個避風港。在現實生活裡得不到的家庭溫暖，至少還可以在電影的世界裡得到慰藉。

每天下課後，每星期的假期，每次不開心，每當被父親辱打，他都會逃離家裡，按動Ivy家的門鈴。Ivy的家人大概都知道George家的情況，每次都總是笑著歡迎他，讓他隨時進書房看電影。偶爾Ivy也會陪他一起看，但更多時候她會吵著要他陪她到街上去玩。

Ivy本身性格好動，喜歡熱鬧，與George比較文靜的個性本來並不太相容。但可能自小一起長大的緣故，她總是很喜歡黏著他。偶爾George沒有過來看電影，她也會在晚飯後打電話給他，一聊就可以聊幾個小時。假期時，他們會一起到維多利亞公園去踏滑板，在海邊看日落，天南地北。

後來Ivy升讀九龍塘一家私立女子中學名校，George就在何文田一間官立中學升學。大家有不同的生活圈子，課業越來越繁重，再加上那時候 Ivy 的父母正在辦離婚手續，她的父親長時間不在家裡，George 不好意思再像以前般時常去她的家看電影，因此兩人也越來越少機會碰面或聊天。

假日時，George 有試過約 Ivy 去遊玩，例如去踏滑板或是看電影，但很多時她不是說功課忙，就是說已經約了別人。漸漸他也放棄再主動約她。只是偶爾，想到她明明就住在自己的隔鄰，而如今卻變得日漸疏遠，心裡都會有一點輕微的刺痛。

不過到了中學二年級，他與她又變回往昔那樣親近。因為，Ivy 轉校到他所讀的中學，而且還是同一班，還坐在他的旁邊。

「你……什麼時候轉校過來的啊？」

開學的第一天，在班房裡看到穿著自己學校校服的 Ivy，George 一時之間還以為自己仍在做夢。

「還可以是哪天呢？當然就是今天轉校過來啊。」Ivy 一臉沒好氣地回他。

「那你……為什麼之前沒有告訴我？」George 回想起之前整個暑假，自己與 Ivy 沒有聊過一句話。

於是，你努力安守朋友這個身分與位置，比普通朋友還要拘謹認真。

「想給你驚喜，不行嗎？」

Ivy向他做個鬼臉，但是他感覺到，她的目光裡帶著一點落寞。

後來他才知道，Ivy的父親因為生意失敗，無法再應付私立學校高昂的學費，所以只好讓Ivy轉讀George的中學。但無論如何，他又可以再次和她玩在一起了，過去一年一直縈繞在心裡的失落感一掃而空，他才發現自己原來是有多重視Ivy這個人。

而同時間他也清楚感受得到，Ivy比以前更加喜歡黏著自己，不論是在課室內或課室外、假期或非假期，她都總會選擇他作為她的玩伴，甚至是唯一玩伴。以前他會經常到她的家「避難」，現在她會經常到他的家「避靜」。因為她的母親要經常出外工作，而父親又像是失蹤一樣，所以家裡通常就只會剩下她一個人。她不止一次對他訴說，很不喜歡只有自己一個人在家的感覺。

偶爾夜深，母親還沒有回家，她睡不著，就會約George偷偷到附近公園去踏滑板。偶爾他們會滑去其他地區探險，發掘不同的景點與小店，直到差不多天亮，才會瞞著還在熟睡的家人們悄悄回家。

班上的大部分同學，都以為他們是情侶關係。每次 Ivy 都會紅著臉否認，只是當大家看到他們依然這樣親密，也會繼續選擇不相信她的否認。

George 清楚知道，自己是真的喜歡 Ivy，他也覺得 Ivy 應該也有喜歡自己，只是有時他會覺得，現在的她需要一個玩伴，多於需要一個男朋友。在和她相處時，不是沒發生過曖昧，不是沒有過一些甜蜜的心跳回憶，只是自己更像是她一位很值得信任、可以倚賴的兄長。若是如此，自己又是否真的應該去破壞，這一段本來真摯純粹的友誼？

「都已經交換戒指了，你們還沒有在一起嗎？」阿立總是會找機會揶揄他。

「什麼交換戒指……我們只是交換手錶而已。」George 皺眉回道。

「你還是這樣純情啊？」

阿立嘆口氣，將目光放回手機的遊戲裡。小時候，伯父經常會帶阿立到 George 的家去玩，George 雖然不喜歡留在家裡，但每次阿立來到，他們都一定會聚在一起打手機遊戲。升上中學

你們像戀人，但不會真的戀愛。你們像知己，但始終不會交心。

後雖然少了見面，但 George 與 Ivy 之間的關係，依然是他們見面時會聊到的話題。

「游先生，我們現在還只是中學三年級。」George 苦笑說。

「游先生，我都已經交過兩個女朋友了。」阿立繼續取笑他。

「是了，你追到你的女神了嗎？」

「誰啊？」

「你不用裝傻，你之前提過的，那個程可汶。」

「我放棄了。」

「為什麼？」George 忍不住看了阿立一眼。

「她身邊早已經有一個級數比我高很多的對象，我又何必走去自殺。」阿立邊說邊用拇指狂按螢幕，像是想要抒洩心裡的悶氣。

「這不像你啊,這麼快就認輸。」

「況且,我覺得程可汶根本完全沒有將我放過在心上⋯⋯暑假之後,我也要到美國留學了,那我為什麼還要特意去送死呢。」

「那也是。」

「所以,你和 Ivy 既然可以經常出雙入對,都已經放在嘴邊了,你就不要白白浪費錯過嘛!如果我是你,就一定不理三七二十一,先把上手再說。」

George 皺了一下眉,說:「你以為我們像你那樣不認真嗎?」

阿立冷笑一下,回道:「你又怎知道我不認真?我只是誠實遵從自己內心的欲望而已。」

「那如果我表白了,但她拒絕我,我又應該怎麼辦呢?」

「那是不可能的吧。」

你們只是聊了很多天,聊得很深很真,但原來這不等於,你可以沉船。

「但如果真的發生呢？」

「那我只好捱義氣，去補上你的位置吧！」

最後阿立的遊戲角色，換來了 George 的一頓毒打。

偶爾 George 也想過，不要再顧慮太多，勇敢去向 Ivy 表白自己的心意。

中學四年級，George 生日的那一天，Ivy 特意為他做了一個生日蛋糕，兩人在一幢大廈的天台上慶祝。他有想過，趁著晨曦初現的那一剎那，開口向她表達自己這些年來的感情，希望她能夠成為自己的女朋友。

只是在他準備要開口前，Ivy 忽然笑著問他：「中學畢業後，你有什麼事情想要做嗎？」

George 沒有想過，她會在這個時候去聊未來的計劃。他搔了一下頭，隨口回道：「繼續升大學？」

「你沒有特別想要完成的理想、甚至夢想嗎？」

她微微皺眉，笑看著他。他心裡一盪，好想告訴她，和她在一起是自己如今最大的心願。只是心裡沒來由有一種直覺，他覺得這刻自己若是如此回答，可能反而會換來她的輕視。於是他輕輕吸一口氣，正色回答：「如果可以，我想去修讀電影創作。」

「嗯，你喜歡電影，你是想做導演嗎？」

「做導演太難了⋯⋯我想成為美術指導。」

「美術指導，是包括服裝設計嗎？」

「是啊，這是其中一個很重要的部分。為了讓觀眾對角色有更深刻的印象和了解，那個角色的服飾、髮型、化妝甚至美感，都有著很多可以發揮和鑽研的空間。然後不同角色的形象、感覺與氣氛互相結合或衝突，又可以為觀眾帶來更多的思考與想像空間。」

「真巧呢，我的想法也與你一樣。」

「與我一樣？」

或者，在不會在一起的曖昧裡，真正最難學會的，是如何點到為止。

「畢業之後，我也想到歐洲去讀時裝設計。」

聽到 Ivy 這樣說，George 不由得立即想起，她平時很喜歡化妝與打扮，比起大多數同年齡的女生，有著一種更成熟的美感與品味。只是他沒想過，除了天性愛美，她會認真想要鑽研美的學問。

「那你有想過要到哪個國家、哪些大學升學嗎？」他讓自己微笑著問，同時間心裡開始計算歐洲與香港的距離和時差。

「最近已經開始留意了，希望可以到法國的 ESMOD，或是 IFM 吧。」

George 沒有聽說過 ESMOD 和 IFM 這兩個名字，但猜到應該都是世界知名的設計學院。他吸一口氣，對她說：「那我將我這年的生日願望送給你吧。」

「送給我？」

「祝你能夠得償所願，可以到法國去讀時裝設計。」

她抬眼看著他，溫柔地笑了一下，輕聲說：「謝謝你。我也祝你可以達成理想，成為香港最好的電影美術指導。」

「到時我就找你做我的服裝設計師。」

「好啊。」

然後她握著他的手，沒再說話。

後來有很多次，從夢裡驚醒過來，他都會問自己，為什麼那時候會沒有好好緊握她的手。

兩年後，中學畢業，George 如願到台北的大學進修電影創作。只是 Ivy 卻沒有到法國升學，而是在香港一所大學修讀工商管理學士學位。

George 有認真考慮過，不要到台北升學，留在香港陪伴 Ivy。但 Ivy 還是一再鼓勵他要繼續完成自己的理想，別浪費上天給予的這個機會。

『香港與台北又不是相隔很遠，就只是兩個小時的距離，我們隨時都可以見到』

最難的是，你不可以越界，你不可以因為看到他越界，而跟著越界。

在訊息裡，Ivy 總是會這樣安慰他。

只是每天醒來，每次他一個人，在台北的街上漫無目的地遊走，他都會問自己，是不是真的可以忍耐長達四年時間分隔異地的煎熬。

以後每年他們的生日，不可以再像往年一樣一起慶祝，以後她寂寞的時候，自己再不可以立即陪在她的身邊。自己就只能依靠方便但無力的手機訊息，繼續與她保持往來，繼續看著自己與她一點一點疏遠。

因此才去了台北兩個月，他就已經感到無比後悔。雖然他在大學裡像是如魚得水，學習和吸收到很多電影理論、知識與創作技巧，也認識到很多有趣的、志同道合的朋友，但他對 Ivy 的思念與不捨，卻是與日俱增。

然後到了十二月，他的生日，難熬的感覺變得更鋪天蓋地，讓他無處可逃。

下課後，他推掉所有同學的邀約，一個人孤伶伶回去板橋的套房。在捷運裡，他試過用 Line 打電話給 Ivy，但是不知為何，她一直都沒有接聽。他不禁開始自憐自怨，她可能已經忘掉了他的生日，自己就只不過是一位必須隨傳隨到的玩伴，不在身邊就再也沒有存在的價值、沒有再繼續交好的必要。

「傻瓜，在想什麼呢？」

就在他想要按動密碼，開啟鐵閘進入大廈時，身後忽然傳來了一把聲音。

是自己朝思暮想的那一把聲音。

他忍不住立即回頭，只見 Ivy 笑意盈盈地站在他的身後，雙手捧著一份被花紙包裹著的禮物，對他輕嚷：「生日快樂！」

「為什麼……你會在這裡啊？」

她有點得意地說：「因為這天是你的生日……我跟你說過，台北與香港的距離，本來就不遠嘛。」

「你不用兼職嗎……你放下工作，特意過來台北找我？」他知道她為了賺生活費，每天下課後都會去做代班及補習，賺取學費與生活費。

他說他不想傷害你，但有時傷你最深的，偏偏就是他的若即若離。

「偶爾也要休息一下嘛，我也很想來台北旅遊。」她向他吐一下舌，然後又說：「你快點拆禮物吧。」

然後他小心將花紙拆開，見到裡面有一個透明的盒子，盛裝著一個小小的生日蛋糕，上面寫著他的名字。

「這是你親手做的嗎？」

她又得意地點點頭。

「你是怎樣從香港帶過來啊？」他忍不住追問。

「誰說我是從香港帶來啊？如果被海關沒收了，那豈不是功虧一簣？」

「那……你是來到台北後，才製作這個蛋糕嗎？」

「你就不要再問了，總之山人自有妙計。」

她對他咧嘴一笑，從口袋裡掏出一支蠟燭，插在蛋糕上並用打火機點燃了，然後就在這條灰冷的小街裡，輕聲為他唱起生日歌。

天上飄起了毛毛細雨,但是他們一點都不介意,兩人興高采烈地許了願,一起吃了蛋糕。他知道自己永遠都不會忘記這一個夜晚。

後來,Ivy和他吃過晚飯,就要趕乘飛機回香港,因為明天她在大學還有課要上。他們約定,之後每逢對方的生日,都要繼續相約在一起慶祝。

後來,第二年她的生日、復活節、中秋節、聖誕節,她都有特意飛到台北,和他一起度過和慶祝。雖然每次她能夠逗留的時間並不太長,但是他已經感到無比滿足。

每次與她別離後,他都會努力發掘台北有特色的新景點和餐廳,但兩人去得最多的,還是不同的美術館和藝術展覽,他很慶幸自己喜歡的人,與自己有著相似的興趣,而且品味也是如此相近。

他閒時也會和她分享,在大學學到的電影知識和理論,遇到哪些厲害的導演和演員。她每次都會鼓勵他,要付出更加多的努力,去達成心目中的理想。因此雖然他偶爾還是會因為得不到她的訊息回覆而感到難熬,還是會因為無法陪在她的身邊而覺得寂寞,但是他知道有一個人,會在香港一直無條件支持

有多少次,昨天還很曖昧親密,但第二天睡醒,他就變得冷漠疏離。

他追夢，而且還會不時特意飛來台北給自己驚喜，如今這一點點苦，又算得上什麼。

然後在大二那一年的情人節，他決定偷偷回去香港，想要反過來給 Ivy 一個驚喜。

他準備好鮮花與禮物，打算等 Ivy 下課回家後，去按她的門鈴。因為時間尚早，於是他先回去自己的家，想要休息一下。怎知當他打開家門時，他見到阿立與 Ivy 兩個人，正坐在沙發上接吻。

後來，很久之後的後來，他才知道，原來在半年前，因為伯父的家要重新裝潢，於是父親讓他們搬到自己家裡暫住。

當時阿立因為剛好決定不再繼續留在美國升學，於是在不久後，他也搬到 George 的家裡。另一方面，雖然 George 不在香港，但 Ivy 不時都會去探望他的母親，有時母親也會邀 Ivy 一起晚飯。就是從那時開始，阿立有更多機會和 Ivy 見面和接觸，甚至一起到公園散步、說笑聊天。

然後在聖誕節之前，兩人就變成了一對情侶。

家裡所有人都知道這一件事，就只有 George 一個人完全被蒙在鼓裡。

後來 George 總是會回想，自己之前打電話回家時，母親當時是有著什麼反應，她有沒有刻意去隱瞞或欺騙自己。

他到台北升學後，平時其實也不常打電話回家，上一次是農曆新年的大年初一，他打給母親祝賀新年快樂。再上一次打電話回家，都差不多已經是半年之前。他知道自己是個不合格的兒子，這麼多年過去，他對這個家始終不能說得上喜歡，所以在知道拿到可以升學台北的獎學金後，他才會選擇趁著這個機會逃離這一個家。只是他真的沒有想過，自己最後會被家人瞞騙與背叛。

而自從事情無意中被揭發後，Ivy 對他的態度，像是完全變了另一個人。在 George 面前，她總是可以表現得理直氣壯、問心無愧。有一次他卑微地問她，他們之前有過的甜蜜與心跳，難道都只是他自己一個人入戲太深嗎？但是她毫不留情地對他說，她一直以來就只是把他當作朋友與兄長，從來沒有半點愛情在內。那些似有還無的曖昧，就只不過是他自己單方面的幻想得到太多。她沒有告訴他已經與阿立在一起，就只是因為不覺得他有需要被特別告知，就只是不想影響他在台北繼續追夢的心情。但他聽在耳裡，只感到她的說法自相矛盾，荒謬可笑。他始終無法釋懷，一個在前一天還會在訊息說想念自己的人，第二天可以將自己拋諸腦後，與自己的家人接吻。這不是完全不可能發生，只是他真的接受不了這樣的戲碼。

到最後，就只有阿立一個人，會向 George 請求原諒。但是他只覺得阿立無比虛偽，認定他是處心積慮乘虛而入。當他越是回想起更多往事，他就越發現得多，阿立過去一直暗地裡喜歡 Ivy 的憑證。而阿立對於他的發現也直認不諱，這一種態度更讓 George 深深感受到自己的無能。

之後有一段日子，George 的生活變得一片混亂。

他沒有再留在台北，向大學申請暫時休學。因為他在家裡與父親激烈地吵了一架，伯父想息事寧人，於是一家人搬到酒店暫住。Ivy 沒有再與他有半點往來，之後甚至更封鎖了他每一個社交賬號。偶爾在走廊或大廈大堂遇見，她總是會立即掉頭就走，漸漸他也開始感到自慚形穢，因為他覺得她比以前自己所認識的每一個時候都更漂亮自信、更加讓自己心動。他現在才知道，當她真正愛上另一個人的時候，原來會是這一種模樣，原來是可以如此遙遠和陌生。

之後有一段時間，他都沒有再碰到 Ivy。後來聽 Ivy 的母親提起，他才知道原來她與阿立已經飛到美國升學，而且是阿立的父親資助她的學費。

「雖然她是我的女兒，但你真的不值得為了她，而變得一蹶不振。」

Ivy 母親最後向 George 這樣安慰。過去幾個月來，他從來沒有得到過任何人的半點溫柔。有時他會反問自己，是不是自己真的太差太差，才會得到所有人的這種對待。漸漸他也開始變得習慣去首先怪責自己——父母把自己當外人，一定是因為自己不是一個值得疼惜的兒子；從小一起成長的青梅竹馬如今把自己當成陌生人，一定是因為自己的性格有缺憾，不值得本來應該最親近的人的尊重和珍惜。

因為 Ivy 母親的這句話，George 試著努力重新振作。他找了兩份兼職，盡量把時間填滿。有時他會為朋友無償設計及製作一些電影道具，一點一點累積經驗與人脈。生活彷彿逐漸回到正軌，只是偶爾回到家裡，還是會與父親大吵一場。漸漸他變得越來越晚歸，但他也越來越不捨得離開這一個本應厭惡的家，然後他才發現自己最不捨得離開的，是自己與 Ivy 在這裡有過的回憶，縱使她已不在，也已經變得不再一樣，但那些曾經有過

你知道，在曖昧裡，所謂的好感，有時原來可以那麼不值一提。

的痕跡，還是可以一而再讓他緬懷沉溺。

之後日子一天一天過去，他試過自暴自棄，也試過再重新振作，試過看了一整個月大海，也試過窮得沒錢吃飯。他開始厭倦在這個迴圈裡，一而再飾演那個失敗和想要正常的自己，只是他也始終無法找到，一個自己明確想要再追的目標。

然後到了某個深秋夜晚，他有部幫忙的電影終於殺青了，導演邀請幕後所有工作人員去喝酒，George 因為幫了不少忙，所以也有被邀請參加。

酒過三巡，他還是沒有半點醉意，反而更感到一點鬱悶。他對其他人說要去洗手間，其實是想偷偷走出餐廳去呼口氣。然後在快要走到餐廳門口時，他忽然聽到背後傳來一把男人呼喝聲：「程可汶小姐，請問客人點的酒，可以送出來了嗎？」

George 不認識這把男人聲，但聽到「程可汶」這個名字，腳步不自覺就停了下來。

他轉過頭，只見一個束著馬尾的長髮女生，雖然一臉忙亂，但仍是帶著甜美的笑容，對一個穿著像是部長的男人說：「老闆，我有英文名，你可以叫我 Maggie，或是叫我阿汶，而無需要在大庭廣眾呼喊我的全名，我不想被人誤會我們的關係不純。」

男人受到這樣的軟言駁斥，不怒反笑，繼續大聲說：「誰想和你關係不純呢？」

女生搖搖頭，笑著回道：「當然不是毛仁耀先生你這位仁兄啦。」

聽到「毛仁耀」這個名字，有些食客忍不住笑了一下。男人像是惱羞成怒，但是又不能在食客前發作，於是氣沖沖走向餐廳內。女生朝他做個鬼臉，然後繼續忙著為客人送餐斟水。

George 一直看在眼裡，心裡忽然感到一種久違的躍動。他走出餐廳，打開手機 Instagram，嘗試用女生的名字來搜尋，不一會就找到她的賬號，裡面有著無數她的生活照。他打開她的粉絲列表，第一個見到的共同朋友，就是阿立。

可以這樣嗎？George 心裡想到了一個計劃。

即使這個計劃，未必可以對他們帶來任何傷害，但他好想阿立感受一次，自己所在意和重視的人，被別人搶走的那種刺痛、難堪與無奈。

也知道，所謂的約定，可以是一種確認，也可以完全不代表什麼。

就只是一次也好。

他不知道這個計劃最後會不會成功。只是從那天開始，接近程可汶，成為了他繼續努力生活得更好的一個重要目標。

Side Chat 07

S：其實繼續曖昧下去，也沒什麼不好，又何必要勉強變成普通朋友。

M：對方也想繼續曖昧嗎？

S：都已經快六年了。

M：六年……真的可以曖昧這麼長時間嗎？

S：我不知道，但是我們一直這樣斷斷續續來往，已經六年。

M：六年……你很喜歡，還是很愛那個人嗎？

S：愛嗎……有時會覺得，這種感情已經離我很遠很遠了……最初的時候，應該有愛過吧，但到了現在，可能就只不過是一個習慣。

M：你們大約多久會見面一次呢？

S：不一定，他想見我，又或是我想見他，然後要看我們本身有沒有空，如果沒時間，就可能會等下一次再見。

M：似乎是很隨意的感覺。

S：是的，我們從來都不會勉強對方什麼，想聊天就聊一整晚的天，不想上床就一起看電影。

M：你享受這種關係嗎？

S：是愉快的，就只是有時會覺得可笑。

M：可笑？

S：以前，我本來是想得到一段穩定的愛情關係，我喜歡的人會喜歡我，他會懂我、珍惜我，然後我們會一起成長，走入教堂……但是我現在就寧願執迷於一個不會認真的人。

M：你們沒有想過認真在一起嗎？

S：我有想過，期待過，但我知道他不想認真，如果我走過那條界線，他就會開始逃避。

M：他就只是不想負責任吧？

S：嗯，但他從一開始，已經表明只想曖昧，不想認真……是我自己心甘情願。

M：只是那時候，在最初，你有想過這份曖昧，會延續這麼久嗎？

S：人有時好奇怪……如果在最初告訴你，六年後你什麼都不會得到，你可能就會很容易做出判斷和決定……但是如果最初不告訴你，等六年後你才知道答案，你反而會不知道應不應該繼續下去。

M：是會不捨得放手吧，因為你們這六年來，一定經歷過很多事情？

S：是經歷過很多，但是也有很多不甘心。

M：有哪些不甘心？

S：始終得不到一個名分，始終不可獨佔這個人……我知道這些都是自私的想法，但每次看到他身邊有著其他的人，我始終未可完全得到他的依賴與信任，我都會覺得，自己其實白費氣力。

M：但你明知道他不會認可你的身分與位置。

S：但我還是忍不住去奢求奇蹟的出現。

M：會不會祈求有天自己終於捨得放手，比較輕易？

S：就是因為試過放手，然後又忍不住回頭，最後才會斷斷續續地延續了六年時間。

第八章
/
曖昧的儀式感

「那麼你在聖誕派對裡遇到他,都是他有心安排出來的一齣戲嗎?」

「或許吧⋯⋯」

八月第二個星期五的晚上,可汶約了千蕙在長沙灣老地方碰面,和她說了 George 的過去。

「他真的很處心積慮啊!」千蕙忍不住嚷,又說:「他竟然可以憑著 Instagram,裝作不認識來一步一步接近你⋯⋯嘩,我的手臂都起雞皮疙瘩了!」

「在最初,他說他知道我的名字,我當時以為他只是隨口說笑,但原來那時候他是半認真的。」可汶輕輕地說。

有時你會覺得或許就只是一個人在這段曖昧裡過分入戲。

「很矛盾的人呢。」千蕙看一看可汶，感到她將一切說出來後，臉上的神情比之前顯得更意興闌珊。她問：「那之後呢，他和你說完他的過去後，之後你們還有發生什麼事嗎？」

「之後，我們就沒有再見了。」

「他沒有找你嗎？」

「沒有。」

「你也沒有找他嗎？」

「也沒。」

「為什麼沒有呢？」

「可能是我不知道應該如何面對他吧……那天晚上，我自己一個先離開了，他也沒有追上來，我想他也是不知道怎樣面對我。」

千蕙默默思考可汶這番說話，過了一會問：「你好像沒有生他的氣，是嗎？」

「嗯。」

「你有想過為什麼嗎?」

「可能是,我早有預感吧⋯⋯」可汶低下頭,輕輕哼了一句歌詞:「仍靜候著你說我別錯用神,什麼我都有預感⋯⋯」

千蕙知道這是〈暗湧〉的歌詞,於是接著唱下去:「然後睜不開兩眼看命運降臨,然後天空又再湧起密雲⋯⋯」

可汶對千蕙又再微笑一下,繼續說:「他有很多特別的習慣,以前我一直以為,他是注重儀式感,所以才會這樣。但後來回看,其實根本就不是那回事。」

「你們只是朋友⋯⋯可以有什麼儀式感?是好像我們那樣,為對方慶祝生日嗎?」

「唔⋯⋯相識第五十天、一百天、一百五十天,他都會送一份禮物給我。當他知道將會有一段時間無法見面,例如是整個星期他都要忙著拍攝,他就會找個理由跟我交換一些東西,例如是手錶、充電器、帽子⋯⋯每隔兩星期,我們都會找一間從未去過的甜品店,去吃那兒的巴斯克芝士蛋糕,或是芒果西

有時你會相信就算最後無法和他在一起你也會心甘情願。

米露。每個月的最後一個星期六夜深，我們都會重遊以前去過的地方，踏滑板或是等待日出。之後的第二天，就會在他的家裡一起煮晚餐，我們各自要負責烹調一道菜。每次傳訊息聊天，在說再見之後，他都會傳我一個星號，如果我不回他星號，他就會繼續和我聊下去。每次他約我看電影，他都會因應那齣電影而定下一個 Dress code，如果沒有遵守就要受懲罰……」

「你們真的很曖昧呢……」

「是嗎……但其實這些都只不過是一些，他想要和另一個人去完成，或是他們以前有過的習慣與回憶。我只不過是一個代替品，未必是他真的想與我這樣曖昧，有時候我甚至會覺得，他自己沒有意識到這樣做很曖昧，他就只是想有一個人可以和他完成或延續那份感覺。」

「你……是什麼時候開始有這一種想法？」

「在他搬家完成、找回我之後。」

「即是都已經有很長的一段時間了。」

「嗯。」

「傻瓜。」千蕙拍打一下可汶的頭，輕嘆：「其實你不必這樣逞強。」

「沒有啊，我沒有逞強。」可汶回看著她，微微笑了一下。

「有啊，程可汶，你現在就是在逞強。」千蕙又再輕嘆一聲，接著說：「我實在太明白你現在這一種心理。就好像你以前總是會勸我，不應該再跟 Alexander 接觸更多，要多點愛惜自己。每一次我都會跟你們說，我知道了，我不會讓自己再受傷……好像我真的可以看得很開，彷彿我真的知道要如何守住最後的底線，不會讓自己又再陷得更深，但其實我只是想要守住，在你們面前僅有的尊嚴而已。難道我不知道，你們不會真的相信我說的『沒事』、『我很好』嗎？只是我也不會容許自己向你們傾訴，那些更難熬更難堪的情緒和鬱結，寧願自己一個人默默去消化與承受，告訴自己可以撐過去的，之後會好起來的……說到底，就只是不想去面對或做出一個離開的決定而已。然後日子一天一天過去，自己彷彿都已經習慣了這種無助與困頓，告訴別人我沒有在逞強，但自己整顆心都早已經是苦澀。」

「最近……你和 Alexander，還有往來嗎？」可汶突然想起，自己已經有一段時間，沒有跟千蕙聊過 Alexander。

有人說，聊過、曖昧過、喜歡過、但沒在一起，才是絕殺。

千蕙冷笑一下，說：「他有新歡了。」

「新歡？是何時的事啊？」

「是我和他去旅行前的事，但是我之前一直都不知情……你還記得我四月時和他去了東京旅行嗎？」

「記得，你還沒有還我相機。」可汶狡黠地笑了一下。

「你記得就好，相機我下次再還你。」

「都不急的……你們去東京有發生什麼事嗎？」

「那是我第一次，和他離開香港，到外國旅行。我以前從來不敢想像，可以和他有這一天，因為他總是要將時間留給他的家人……然後，我們終於可以一起去旅行，終於可以遠離所有人，擁有完全屬於我們自己的時間。但就在第一個晚上，他在洗澡時我無意間看到他的手機訊息，然後發現，原來這次旅行，他原本是想要和另一個人去的。」

「就是那個新歡嗎？」

「嗯⋯⋯原來就只是因為那個新歡,突然說復活節調不到假期,所以他才找我後補頂上。他還要騙那個新歡,最後是和太太一起去東京。」

「你當下一定很難受了。」

「難受,但我最後還是沒有選擇揭穿他。」

「⋯⋯因為這是你夢寐以求的旅行嗎?」

千蕙微微呆了一下,像是沒想到可汶會說出這一句話。她輕輕嘆息一聲,說:「你真的有點改變了。」

「我只是想,如果我是你,即使當場發作,也無法改變得到一些什麼。」

「若換作是以前的你,你應該會叫我立即回香港。」

「或者吧。」可汶嘆了口氣,又說:「但你也是沒有回香港,繼續和 Alexander 在東京旅遊。」

「是的,我沒有揭穿他,繼續假裝什麼都不知道。最初的

但你想問,曖昧過很多次,但是始終沒有在一起,那又算是什麼?

兩天，感覺真的很難熬……每當想起，之後回到香港，除了他的太太，還有另一個人與我爭寵，甚至是，我可能已經被他捨棄了，就只不過現在還未到最適合的時候……當時我真的覺得自己猶如爛泥一樣。只是到了第三天，當我發現他瞞著我與那個新歡講電話，差點被我發現到時的那一個表情……慌亂失措，緊張厭煩，平日的淡然自信都完全消失不見了。我還是裝作沒有發現，然後他像是鬆了一口氣，沒有半點防備之餘，也讓我見到一個從來不熟悉的他。但從那刻開始，我知道自己無法再像從前那樣，與他繼續曖昧下去了。」

「你的意思是，你現在可以離開他了嗎？」

「不，我還是不能夠做到……昨天晚上我也有和他見面。」

說到這裡，千蕙忽然苦笑了一下。可汶心裡有無數疑問，但還是靜靜等她說下去。

「我想，我有天終會放下他的，只是這需要一個過程，因為我和他曾經發生過太多事情了，我不可能做到說散就散。但如果沒有東京那一趟旅行，如果我還被蒙在鼓裡，我現在應該還是會很天真地盼望，哪天他奇蹟地和他的太太離婚，以後就只會和我在一起。」

「現在⋯⋯你不會再這樣盼望了嗎?」

「也不是完全不會,但現在會比較實事求是。如果這天和他見面,會換來比較多的不快樂,我會告訴自己,可以等下一次才選擇再見。」

可汶知道,千蕙其實仍然不捨得,但她就只是對千蕙微笑一下,說:「記得自己還可以選擇,記得要讓自己再次快樂起來⋯⋯真的很重要。」

千蕙也回看著她,輕聲說:「所以⋯⋯你真的不需要讓自己一直在逞強,偶爾你也可以做出不同的選擇,去追也好,逃避也罷,你其實可以忠於自己的感受與心情行事,沒必要為了應付他人、甚至是我們的目光,而勉強自己。」

可汶看著大海,兩人都沒再說話。過了一會,她說:「其實我也不知道,自己還可以做什麼,應該做些什麼。」

「你不想和他在一起嗎?」

可汶沒有回答。

只有在可以見到他的時候,你才會對這份感情,有多一點確定。

「那……你現在還喜歡他嗎？」

可汶仍是沒有作聲。

「但你還是會想起他，在你心裡，他仍然是你最在意的那個人吧？」

「是的，但那又能如何……」可汶終於開口，神情苦惱地說：「難道現在我要告訴他，我喜歡他嗎？」

「他現在也沒有女朋友，是吧？雖然他最初是有心接近你，但你們之後也累積了很多回憶啊，你不想最後可以把他贏回來嗎？」

「不知為何，有時我會很不爭氣地想，如果我可以裝作什麼事情都沒有發生，繼續和他像之前那樣曖昧下去，那就好了。」

「你會容許自己這樣做嗎？」千蕙斜眼問她。

「但其實我有點羨慕你。」

「但你也知道，再這樣曖昧下去，會有多苦。」

「嗯，我知道的。」

「其實你真的很喜歡他，喜歡到你竟然會甘心和他繼續曖昧下去……但你跟我不同啊，你沒必要讓自己一直陷在這樣的不明不白裡，作為朋友我也不想看到你這樣不開心。」

「其實我也沒有很不開心，就只是……嗯。」

「就只是無法快樂起來。」

「嗯。」

「還是那一句，隨心而行吧。如果有需要，也可以試試找傅浚聊一下啊。」

可汶微微呆了一下，說：「找他？我和他已經很久沒見面了。」

「所以我才叫你去找他，他有時比起我更加了解你呢。」

你可以確定，原來自己對這個人，埋藏了太多他不需要的思念。

「最近每次見面，他都像是很不耐煩似的……」

「你就諒解他一下吧。」千蕙輕輕搖頭苦笑，說：「他最近也過得不容易呢。」

可汶看著大海，過了一會平靜地問：「他沒事吧？」

千蕙摟著她，輕聲說：「應該還好的。」

・・・・・・・・・・

傅浚與可汶都住在九龍城區。本來中學畢業後，傅浚的父親換了新居，全家搬到將軍澳。但過了半年，傅浚嫌將軍澳的交通不方便，每天上學的路程太遠，於是用積蓄在九龍城付了一間套房的按金，平日再做兩份兼職來繳付每月的房租。

以前，可汶偶爾都會到傅浚的家，玩 PS5 或看 Netflix 打發時間。只是他的家實在太小，容納不了她和千蕙同時上去搗亂，所以漸漸可汶就沒有再上去他的家，每次想找他，就會約在樓下的 cafe 見面。

星期六下午,她傳訊息問傅浚:「今天晚上有空嗎?」

不一會,她見到傅浚已讀了訊息,只是差不多再過了十五分鐘後,他才回覆:『今天晚上可以』

可汶於是又再問:「那六點鐘,老地方等?」

到差不多五點鐘,傅浚才回了單字『好』。可汶輕輕嘆口氣,化了一個簡單的妝,換了衣服,然後在五點半離開了自己的家。

她原本是打算提早去到 cafe,預先佔好座位,再等傅浚到來。怎知當她去到那間 cafe 門前,見到外面竟然貼了一張「結束營業」的告示,而店內就漆黑一片。她呆了一會,用手機打開 Google map 搜尋,只見 cafe 最後獲得的評論是三個月前,有網民留言說,cafe 因為敵不過昂貴租金,而被迫選擇結束營業。

「這裡三個月前已經沒有再開了。」

忽然背後傳來一把聲音,可汶回轉身,見到傅浚站在不遠處,雙手插袋抬頭看著 cafe 的招牌。

也可以確定,就算他捨不得你,他對你始終沒有太深的喜歡。

「你之前怎麼不告訴我？」可汶問他。

「是我忘了提醒你。」傅浚走近她身邊，又問：「你想去第二間店，還是四處走走？」

可汶回道：「我想散步。」

傅浚沒有答話，就只是提起腳步前行。他們從九龍城出發，漫步走到鄰區的新蒲崗，再往新落成的大型購物商場 Airside 前進時，天色也開始昏暗下來。

在路上，可汶向傅浚分享過去幾個月來，她和 George 發生過的事情。她問傅浚：「你記得游立這個人嗎？」

傅浚看了她一眼，漠然回道：「記得，他是 B 班的康樂組長。」

「怎麼我對他一點印象都沒有？千蕙也說不記得這個人。」

「因為你完全沒有將他放在眼裡吧，那時候他經常借故來我們教室，說什麼要舉辦聯班活動，但我們所有男生都知道，他只不過是想來認識女生，所以我們都故意冷落他，他自覺沒趣，之後就再沒有過來了。後來在學校也很少見到他。」

「他到美國升學了。」

「原來如此，為什麼忽然問起他？」

「因為他就是 George 的堂弟，George 是因為他，所以在很久之前就知道我這個人。」

「世界真的很小呢。」傅浚嘆一口氣，說：「當初以為你們是巧遇，如果你沒有去聖誕派對，如果你沒有先行離開，是不是就不會遇見他……但原來有些事情還是註定會發生。」

可汶默默咀嚼傅浚這番話，她其實也有想過，如果當初自己沒有去聖誕派對，George 也可以用其他途徑來接近自己，例如是在幫千蕙代班的餐廳，又或是在大學裝作巧遇。而更重要的一點是，如果自己對 George 這個人從來不感半點興趣，那麼之後的發展也可能會有著完全不同的走向。

可能，自己就只會與他擦身而過無數次？可能，自己就只會覺得他這個人裝模作樣、別有用心？就算他在 Instagram 傳訊息給自己，她應該也會選擇已讀不回，不會答應他的邀約。之後

漸漸你又再跟自己説，只要不去期待太多，就不會換來更多失望。

就不會有無數次的夜遊，也不會有機會上去他的家，不會有更多的約定和期待，也不會有如今的回望與失落。

「就算那時候我們遇見了，也是要他之後會繼續主動接近我，才會有後來的事情發生。」可汶輕輕地說。

「你還是不肯承認，一開始你就已經對他這個人傾心。」傅浚苦笑一下，續說：「以你這種愛恨分明的性格，如果你對那個人本來沒有興趣，那麼不論對方去做些什麼去撩撥你、去討你歡心，你還是會立即推開對方，甚至態度明確地向對方表達你內心的抗拒或不愉快。如果你沒興趣去認識那個人，你對那個人也不會投放太多同理心，更別說會為那個人的一言一行去猜想太多他背後的用意。就好像那個游立，那時候他經常在你的面前出現或經過，次數多得讓我感到厭煩，但這麼多年後你竟然一點印象也沒有，我想如果我是他，應該會無奈得要死吧。」

「他……真的有經常出現嗎？」可汶還是想不起游立這個人，然後又說：「只是也真的想不到，George 會用這一點來報復他……我這也算是有幫到忙吧？」

傅浚看了可汶一眼，像是想說些什麼，但最後還是沒有開口。過了一會,可汶又說:「所以你是認為,到最後我還是會與 George 走近,我還是會被他這樣利用,是嗎?」

「程可汶小姐,我想提醒你一下,如果這件事情是發生在別人身上,你早就已經大罵 George 別有用心、欺騙別人感情,不應該再和這個人有半點往來了。」

「是⋯⋯因為我當局者迷嗎?」

「是你太過喜歡他這個人吧。」傅浚嘆氣。

「我真的太過喜歡他嗎?」可汶苦笑問。

「你這樣反問我,不代表你就可以真的掩飾到,你對他這個人的過度執著與認真呢。」

「我沒有在掩飾⋯⋯」

「你以為自己沒有在掩飾,因為你的本意並不是為了對他人掩飾,而是想要讓自己可以心無雜念地繼續喜歡他這個人。你不想自己意識到,你對這一個人所投放的感情,其實比起對任何人都要深刻、都要認真。你不想承認自己對這一個人已經

但其實,勉強自己不去對一個人期望,就已經是一種太過在意。

太過沉迷，但你還是會讓自己繼續為這個人沉溺下去。」

「你的說法……就像是我在自討苦吃一樣。」可汶輕輕皺眉，又說：「我最近也沒有與他往來了，又怎樣沉溺呢？」

「但你這天來找我，還不是因為想要談論他這個人？」傅浚看著她，緩緩地說：「你最近沒有找他，是因為你不知道應該如何面對他，還有如何去面對你自己的心情。你其實不是不知道，再和他這樣來往下去，最後會迎來一個怎樣的結局……他沒有主動找你，你也沒有主動找他，對你來說也是一個藉口，讓自己不必立即去面對這個結局。」

「是我自己不想去面對嗎？」

「你會寧願和這個人一直曖昧，也不會想去確認自己和這個人是什麼關係，是因為你真的太喜歡這個人嗎，還是你其實早已感到，這個人並不會真的喜歡自己，所以你才會……」

說到這裡，傅浚心裡嘆了口氣，因為他留意到她的雙眼，已經開始泛紅。

於是他沒有再說下去，就只是繼續慢慢地向前走。

而可汶也是一言不發默默跟隨，在不知不覺間，兩人又往九龍城的方向走回去。

「你記得嗎，去年聖誕派對時，你問我為什麼，許然和陳映珍會一直在曖昧？」

在快要走到傅淩的家附近時，他忽然回頭，笑著問可汶。

「記得，怎麼了？」

「兩個月前，他們在IG宣佈要結婚了，你有看到嗎？」

可汶呆了一下，沒想過事情竟然會有這種發展，她回道：「我沒看到……他們是何時在一起的？為什麼會突然變成要結婚的關係？」

「我也是在他們宣佈要結婚後，才從許然的好朋友口中得知，他們兩人這些年來背後的苦衷。」

「苦衷？」

「過去幾年來，許然一直對陳映珍很好，好得我們都以為

有些心意，不說出口，還可以繼續期待，一旦說了，就什麼都不再有。

他是在單戀對方、陳映珍就只是把他當備胎，但其實陳映珍並不是不喜歡許然，她只是沒信心，可以與許然在一起。」

「如果她也喜歡許然，許然也喜歡她，那她為什麼還會沒信心？」

「原來在四年前，陳映珍因為社運被捕，一直都在保釋候查。律師向她分析過，如果落實檢控及被判罪，刑期隨時可以長達七年。然後過去幾年來，因為各種程序與原因，案件一直處於膠著狀態，對她身心帶來無比煎熬。雖然許然依然不離不棄，她知道他對自己很好，但她也擔心，自己會辜負他，她不想許然為自己浪費光陰。到了兩個月前，陳映珍要面臨最後一次出庭應訊，之後就會被判有罪或是無罪。許然就在她出庭前，帶她到婚姻註冊處簽字註冊，和她正式結成夫妻，以明心志。」

「……那麼，陳映珍最後有被判罪嗎？」

「嗯……上星期才宣判，四年十個月。」

可汶聽見後，忍不住重重嘆息了一下。過了一會，她問傅浚：「他們一定很難受吧？」

傅浚卻輕輕搖頭，說：「雖然要分隔一段時間，還有要承受牢獄之苦，但據說他們兩人反而可以更坦然面對。或許，大家有共同的目標與理想，知道這個世界上有另一個人，會一直守候自己，那麼日子再難熬，至少也不會再像從前那樣容易惶惑不安。」

「結果，還是不要再曖昧不明比較好。」

「或許吧……但是如果沒有那段憑藉曖昧去延續關係的時光，也是走不到兩人終於走在一起的結局。」

「那你覺得，」她看著傅浚，最後這樣問他：「我應該和George再見嗎？我們還應該再這樣曖昧下去嗎？」

「這個問題，其實你不應該問我。」傅浚回頭看她，打開大廈閘門，笑著回她：「如果你和他曖昧得開心，那就沒有什麼應該或不應該，但如果連你自己都不能夠感到快樂，這一份曖昧始終也不會長久……有天你還是會忍痛離開這個人，還是會寧願以後不要再見。」

說完，傅浚就轉身走進大廈，沒有和她揮手，也沒有說再見。

可汶看著閘門緩緩關上，心裡莫名地感到一點惆悵。

有些關係，你也不會再主動去問，因為你害怕連這份模糊都會失去。

Side Chat 08

T：她是我最好的朋友，但是我們應該不會再見了。

M：你們有多久沒見面呢？

T：都快三年了。

M：為什麼會忽然不再見？

T：也沒什麼原因，只是有一陣子，我們沒有再主動約對方慶祝生日，也沒有傳訊息問候，之後就開始沒有再約見面了。

M：你們本身也沒有其他共同朋友嗎？

T：沒有。

M：會覺得可惜嗎？

T：是會可惜，只是也會覺得，她如今應該不再特別需要我，沒有我，她也一樣會找到快樂與幸福。

M：如果對方是我最好的朋友，我想我應該會好好留住對方，就算他沒有主動找我也好。

T：嗯，是應該要好好珍惜對方的，而且有些感情與回憶，也是無法淡忘與被取代。

M：所以……

T：我知道你想說什麼……只是可能我已經不再年輕了，又或許有更多不同的體悟，我開始會覺得，有些事情真的回不了頭，我們就只能順應事情的發展，而不能夠勉強去改變最後的結局。我們是最好的朋友，都依然會珍惜彼此之間的情誼與回憶，只是如果這段友誼，是在如今這個階段才開始，我們明天才第一次認識對方，可以更純粹地做對方的一個普通朋友，我們的友誼可能會走得更遠。

M：其實我也有過類似的想法。如果我和他從來都沒有曖昧過，就好了。

T：嗯，只是之後，可能又會有另一把聲音來追問自己，你真的可以對這個人完全不抱持半點好感嗎？

M：或者到時我會讓自己默默單戀對方，而不要有太多靠近。

T：可能真的可以做到，只是應該也會比較辛苦……而且，也是要曾經有過類似的遭遇或經驗，自己才可以調整到這種心態。

M：結果就是……如果可以遲一點認識他的話，我們可能也要遇到另一些遺憾，錯過另一些人，最後才可以修成正果？

T：可能是這樣……只是沒有「如果」可以讓我們重來。

M：那麼你會有一點遺憾或後悔，自己和她有過曖昧嗎？

T：不會，我覺得很幸運，可以和她有曖昧過。

M：嗯。

T：你呢，你會嗎？

M：不會。

T：那就好了。

第九章
/
你可以閉起雙眼嗎

偶爾,George 還是會問自己,是不是做錯了。

當他回到以前和可汶去過的地方,看到她喜歡的事物,聽見和她一起哼過的歌,眺望遠處的晨曦或夕陽,聞到她曾經搽過的香水味道,他都會不期然地變得想知道,她最近過得好嗎?她此刻正在做著什麼、忙著什麼。

然後心裡,就會有一點像是窒息,又帶點刺痛的感覺。

自從在麥花臣球場,他向可汶交代在認識她之前,與 Ivy 和阿立之間的過去,那一晚之後,他就沒有再見過可汶。

本來,按照他的計劃,他是不打算要讓可汶知道或發現,自己這一個計劃。他從來沒有想過,有天會向她重提自己與家

最曖昧的時候你們會喊對方全名,然後對方喊你英文名字時會若有所失。

人的惡劣關係，有天會讓她知道，自己在失去 Ivy 之後，所經歷過的失落與頹廢。

對他來說，這些過去是卑微得不堪再提，他沒有告訴過任何朋友知道，也不想被任何人發現得到。再者，如果讓可汶知曉自己的過去，他相信以她的智慧與直覺，應該會很快便能察覺到，他最初接近她是另有所圖。

以前他不止一次設想過，如果有天，可汶突然發現自己的過去與計劃，到時應該要怎樣應對。例如，全面否認一切，辯稱自己完全不知道阿立與她是中學同學，自己和她認識是純粹巧合。又例如，不論她怎麼質問，他都會選擇不回應，甚至是硬起心腸，以後都不要再與她有任何接觸。

他本來以為，這一天會很快到臨。在認識她之後的第一個月，在自己告訴她一早已經知道她的名字，在自己本應還未知道她的生日日期、但是可以在生日那天為她準備生日驚喜，她都有可能會去問，他是不是早已經認識她？為什麼自己會如此了解她的事情？但是可汶一直都沒有問。他曾經以為，是她後知後覺，是自己擔心得太多。怎知到最後他才發現，原來她不是沒起過疑心，她只是選擇不要去問，或是留到最後一刻，才去問這一個會讓一切揭穿的問題。

然後，她終於想要知道真相，而他自己又竟然會將事情的始末，一五一十如實告訴她知道。最初他其實也不明白，自己為什麼會給她機會去發問，為什麼會去承認這一切。他相信如果自己當時強烈否認，或說個謊話，按照可汶的個性，她最後可能也會放棄再問。但是他也知道，之後她一定會受到更大的傷害。除了因為她終有天會揭穿一切真相，她會發現原來自己是他用來報復阿立的一顆棋子，她心裡也會因為他選擇繼續隱瞞，而認為他從頭到尾就只是存心要利用她，她就只不過是一顆可以用完即棄的棋子，他以後應該也不會再得到她的信任與靠近，從此以後，他們會成為一對不會再交心的陌生人。

但其實說到底，他知道自己只不過是不想成為，她心目中的壞人。他不能不承認，為她設想得再多，也只不過是想要讓自己內心好過一點而已。當想明白這一點，他就更難以面對自己的不堪，同時也就更加體會到，可汶一直以來對自己是有多溫柔與認真。

他知道，可汶是一個有著強烈自尊心，而且也很懂得自我保護的人。她不會隨便流露，自己內心對一件事或一個人的感覺與想法，尤其是當她還不能確認，自己最後會不會得到對方的接納和認可。她很擅長用慢熱或懶惰這些理由，來掩藏自己的真心，還有對別人的期待及盼望。但又很矛盾地，當她遇上

其實他只是跟你曖昧過一段短時間，但後來他變成你最放不下的人。

真正重視在意的人與事時，她又會突然展現出熱切的關心和認真，每一次都會讓他感到措手不及，甚至一再牽引他的情緒。

有時他會覺得，可汶對自己應該有一定程度的喜歡，但是她那一種始終保持距離、忽冷忽熱的態度，又會令他感到，她就只想與自己做一對感情很好的朋友，又或是只會偶爾曖昧的密友。按照他最初的想法，只要能夠在阿立面前，和可汶表現得親密曖昧，可以向他做出一點點報復，那就已經足夠。只是，隨著與可汶的交往日漸加深，她成為自己最常見面和靠近的人，有天他突然覺得，自己當初想要報復阿立的念頭，其實是有多麼不堪與幼稚。

每當他想起，她在凌晨的咖啡店裡，努力忍著睡意，陪自己天南地北……

她的平衡感其實不太好，但為了學好滑板，而付出了很多努力……

打開家裡的零食櫃和冰箱，總是可以找到他喜歡的糖果、咖啡豆與牛奶布丁……

看到美好的景致，她都會用手機拍下來，並馬上傳訊息和他分享……

偶爾因為想到過去而不想說話時,她總是會默默伴在身邊,然後等他想起此刻身邊還有別人時,給他送上一個自在的微笑……

每次他想要見她,她都一定會空出時間。他想看星,她徹夜陪在身邊。有多少次,睜眼醒來,她總是在溫柔地看著自己,不發一言。有多少次,他感到迷失了,但幸好有她一直為自己打氣,陪自己走過很多難熬的時刻……

而自己竟然是因為想要利用她,才去與她往來,繼續和她親近。

他知道自己不應該再繼續欺騙她下去,但是他也知道若是將一切說破,自己就會失去這一位,他如今最珍視最在意的人。

結果,可汶真的沒有再主動來找他,沒有再在他的面前出現過。

雖然,他仍是可以看到她的 IG 更新,仍是會見到她每天的限時動態。

沒有太多人知道你們在曖昧,甚至比秘密情人還要秘密。

暑假的時候，她和朋友去了台北旅行，他見到她去參觀他以前所讀的大學，到了不屬於遊客觀光區的板橋湳雅夜市，笑著打卡。

九月開學後，她的生活開始變得忙碌，但偶爾還是會看到她在清晨時，在街上拍下晨曦初露曙光的特寫。

十月，她找了三份兼職，第一份是在萬聖節時於主題公園扮鬼嚇人，第二份是下午放課後在咖啡店做店員，第三份是為一部新上映的電影做宣傳人員。他不明白她為何要讓自己變得更加忙碌，但是看她的相片，又可以感受得到她樂在其中。

十一月初，她向學校請了一星期假期，用之前兼職賺到的錢，到西藏去旅行。她遊覽了布達拉宮、大昭寺、納木措、可可西里、林芝然烏湖，秋天的西藏天空湛藍、草原披上金黃色的新衣，讓他看得感觸萬千。每天晚上，她都會上傳一段星空閃爍的影片，伴隨著微風吹過草原的聲音，他都會想，這一刻的她是不是也在想念一個人，這一刻她的身邊，是不是已經有著另一個人陪伴。但是他始終沒有留言探問，也沒有給她留下任何愛心。他害怕自己唐突打擾，以後就再也看不到她的限時動態，連唯一的連繫也失去。

然後來到了這一天,十二月十五日。

夜深,他在手機裡,收到可汶從 IG 傳來的訊息。

「你今天晚上有約人嗎?」

他看了看手機時鐘,十點二十八分,他最初不敢肯定,可汶是想問十二月十五日這個晚上,還是十二月十六日晚上。但他忽然想起了,自己最初傳訊息給她,想要邀她出來,也是問著同一樣的問題。於是他沉思了一會,最後這樣回道:

『約了朋友』

過了兩分鐘,可汶又再問他:

「那麼凌晨零時之後呢」
『凌晨零時?』
「嗯,凌晨零時之後,如果我想約你去喝咖啡,你有興趣嗎?」

看到這裡,George 肯定可汶也跟他一樣,彼此在重複輸入著,他們第一次在 IG 聊天時,對方說過的話。於是他繼續模仿

後來你們之間的曖昧,就是比拚誰沒有太過認真。

下去：

「你……是認真的嗎？」

『為什麼你會覺得我是在說笑呢～～』

『今晚 12 點，在咖啡店再見，如果你不想來，也不緊要　』

接著也像最初一樣，沒有等對方答應，她就離線了。

應該赴約嗎？他一直都有想念她，都有關心她的近況，但是這一刻，他竟然感到一點猶豫。

他看著放在門前的滑板，忽然想起，自己已經有好一段時間，沒有在晚上踏滑板出門。應該是自從沒有和她再見面後吧。他將滑板拿起，輕抹上面的灰塵，心裡只覺得有些感觸。然後過了一會，他換過衣服，踏著滑板，往咖啡店的方向出發。

咖啡店位於深水埗區，與他所住的太子區就只需要二十分鐘的路程。他踏滑板前往，不一會就已經到達咖啡店，距離凌晨零時，尚有一段不短的時間。

只是想不到，可汶已經坐在店外，他們第一次結伴夜遊時，曾經所坐過的那一張桌子，那一個位置。

「來了很久嗎?」他拿著滑板,走到可汶的身邊。

「不,我也只是剛到。」她見到他手上的滑板,然後又往自己後方倚在牆上的淺紫色滑板看了一下,最後和他相視一笑。

「你有多久沒有踏滑板了?」他坐下來,問她。

「為什麼你這樣問呢?」

「因為我這天才想起,原來已經有幾個月沒踏滑板了。」

「最近都在忙吧?」

「是的,是在忙⋯⋯不過想深一層,也不是因為忙這個原因。」

「我也有一段時間沒踏滑板了。」

「有多久了?」

她沒有回答,就只是看他一眼,然後笑說:「和你差不多吧。」

曖昧過後沒在一起,可以無比遺憾。曖昧過後不被承認,可以無比難堪。

他不知道應該如何回答，於是先向侍應生點了一杯「黑色幽默」，又默然了一會，他才問她：「之前看到你去了西藏，覺得好玩嗎？」

「還不錯的……只是我應該不會再去了。」

「為什麼？」

「因為……我也說不出是什麼原因，總之就是有這一種感覺。」她微微笑了一下，又說：「但你應該會很喜歡那兒的風光，在草原上看星，真的值得去試一次。」

「其實我以前也有去過西藏。」

「……你有去過？」

「是去年的秋天，也是差不多在十一月的時候。」他抬起頭，環看四周的大廈，以及不算寬廣的夜空。「我試過在草原上紮營住了三天，每天晚上都可以盡情地看到無垠星空，只是最後，我開始變得不想再繼續逗留在那裡。原本我是計劃住上一個星期的，但結果在第四天，我就離開了西藏。」

「是因為，越看越覺得寂寞嗎？」

「我以為，自己應該可以在那裡，尋回內心失落已久的平靜，但越是待在那裡，我越發現自己心裡想要尋回的，原來是一個人……一個自己早應該要放棄的人。」

「嗯……然後，在那樣的星空下，會覺得，自己所能做到的一切，所執著的一切，原來真的真的，很渺小。」

他看著她，知道她明白自己有過的感受，只是也知道，她這一番話裡所意指的對象，到底是誰。

「然後，心裡又會有另一把聲音，反問自己是否真的那麼不值得，只可以那麼卑微……我不想承認這個事實，但似乎又只能夠選擇接受。最後我問自己，為什麼要在這樣漂亮的星空下，去想這些無謂的事情？」說到這裡，她抬起頭，微微苦笑說下去：「原來去看星，去看海，是不能夠讓自己忘掉一個人。或許在想要去忘記之前，自己其實更想要去記住，曾經最美好的部分，那些因為之後太多太多的困倦與失望，而漸漸遺忘了的回憶。」

過了良久，他輕輕對她說：「對不起。」

有時你好想向他坦白一切，但是你更怕自己會從此失去這個朋友。

「為什麼要說對不起呢？」她回看著他，一臉坦然地笑。「你沒有對不起我啊。」

「有的。」

「有嗎？其實……你以為你所做的事情，為我帶來了一些傷害，但事實並不一定是如此啊，我也因為你的出現，而重新認識了這個世界。」

「例如呢？」

「例如……嗯，我以前是一個很討厭曖昧的人，總是會覺得，為什麼兩個人會花太多時間與心力，和對方一直不明不白下去。但是當發生在自己身上時，我才明白到有些事情，真的只能無可奈何。」她看著他做了一個鬼臉，接著又說：「然後早些時候，忽然心血來潮，我在 Threads 上問人，『曖昧過，但沒在一起的人，之後還會做朋友嗎？』……想不到這樣簡單的提問，竟然會得到很多人的回覆，很多人的親身分享……後來，我跟一些回答問題的網友，繼續在訊息討論，為什麼還會做朋友，或不應該做朋友。他們都跟我分享了更多更多，和另一個人曖昧時所經歷過的無奈與苦澀，快樂與滿足，但是我也漸漸發現，自己對這些經歷似乎總是無法感到投入。並不是那些人的經歷不夠真實，就只是當我與自己所經歷過的曖昧相比較，我會感到有點落差……直到有一天我才終於明白，自己為什麼會有這一種感覺。」

「是因為對象的問題嗎？」他苦笑問。

「可能吧……有時我會覺得，我們好像是在曖昧，但又好像並不是這樣……你好像很想令我更加喜歡你，但你又會讓我不要對你太過投入其中。也許你是真的想把我當成你的真正朋友吧，只是你又會想在我的身上，去尋回一些什麼，或想要完成一些什麼……彷彿我們都只是在練習，如何與對方曖昧下去，但是我們真的想要這樣曖昧嗎？我們會承認有過這些曖昧嗎？你其實是想與我發展哪一種關係，你其實並不真的需要我陪在你的身邊吧……」

「並不是這樣的，我並不是不需要你……其實你對我很好，就只是我對你不好。」

「那麼，你是因為我對你好，所以才需要我嗎？還是因為你對我不好，所以才因此而變得憐惜我？如果我沒有對你好，你沒有對我不好，你是不是就會發現，自己其實沒那麼需要我，想念我？」

或許就是因為不會得到任何名分，也因此你更想透過付出去換取一點肯定。

她一連串地向他追問，但是臉上始終保持著淡然的笑意。

而他也只是默默地看著她，像是不知道應該如何回答，還是其實已經不需要再回答。

「所以，我給自己出了一道考題。」她呼一口氣，側頭看著他。

「考題？」

「幸好你有帶滑板出來。」她站起來，拿起滑板，回頭對他說：「如果在日出之前，你能夠找到我，我就告訴你答案。」

然後也不等他答話，她就踏著滑板，慢慢地消失於街道盡頭。

他看著她離去的方向，想過要立即起身去追，但又想她一定會有其他方法，不讓自己太快找到。於是他緩緩站起來，到店裡打算結賬，怎知道店員回道，可汶原來已經預先結賬了。

看看手錶，一點三十二分。十二月的破曉來得比較晚，還有大約五個小時時間才會日出。他走出店外，拿起滑板，往她剛才離開的相反方向前進。

從前他們夜遊，很多時候都是由他來決定地點。凌晨的咖啡店，商場裡的夾公仔店，無人營業的通宵書店，不同地區的海濱長廊，南區的每一個海灘，何文田山、訊號山、太平山、大坳門、南丫島、藍灣半島⋯⋯她從來都不會提出異議，從來都是等他來告訴她，哪一個地方有著他最想再回味的景致，哪一段時光埋藏著他依然最忘不了的回憶。他忽然察覺，原來在過去那些日子裡，自己在不知不覺間和她分享了太多太多，那些本應該不會親口告訴她知道的心事與軌跡。

他首先走上附近的訊號山，然後又前往之前最後一次夜遊時，所去過的糖水店。之後他踏滑板到何文田山，再去尖沙咀海邊，還是沒有看到可汶的身影。

然後他不禁想起，這些地點都是自己以前和 Ivy 夜遊時會流連的地方，而後來自己又再帶可汶去重遊，到底那時候，自己是懷著怎樣的心情來回望過去？在可汶眼中，自己當時又是帶著哪種神情、哪種語氣，她會不會察覺到，自己其實仍然捨不得某一個人？她會不會發現，自己原來是把她當作另一個人的替身？

但是當他去到海港城的露天停車場，想起可汶在這裡第一次和自己看日出時，她當時臉上的笑容，比陽光更燦爛……當他踏著滑板經過彌敦道，會不自禁記起以前與她一起踏滑板時，夜燈與樹影映照在她纖瘦的身影上，她回眸自己時的自在與快樂……當他乘上通宵的過海隧道巴士，穿越凌晨時分的海底隧道，那時候她靠在自己身旁，似睡非睡，頭顱輕輕靠在他的肩上，他彷彿可以聞到，她身上獨有的淡淡幽香……

她真的就只是一個替身嗎？他不停在城市裡遊走搜索，同時也在回憶裡反覆釐清求證，她的出現所帶來的各種意義，自己到底對她抱持著哪一種感情。但是他始終找不到她，但是她依然在心裡縈繞不散。他開始回想，她這夜約他出來，她要他去尋找他的真正原因。如果最後都找不到，她就會從此在他的眼前消失嗎？如果最後他找到了，她是否就不會再離開，他們以後就可以繼續交往下去？但想到這裡，他又開始感到有點迷惘。他無法確定，自己是否可以守護著她的笑臉，她的快樂與幸福。

然後他終於想起，可汶為什麼會選擇在這一天凌晨，約會自己出來。

以前每一年的十二月十六日，Ivy 都會為他慶祝生日。

中學五年級的暑假，他們兩人去了一家五星級酒店做暑期工。酒店位於全香港最高大樓的頂部，共分二十層。最高的一層是露天酒吧，George 與 Ivy 當時就是在裡面當侍應生。

雖然酒吧是位於最高一層，但店內的員工都知道，其實在酒吧之上，還有一層秘密樓層，只是從來沒有對外開放，一般住客也不會知道進入的路徑。

秘密樓層的面積不算大，也沒有任何設施與裝潢，就只有一些電力裝置與喉管。偶爾下班後，George 與 Ivy 會趁著沒人注意時，偷偷走上秘密樓層一起看星，或是等待日出降臨。Ivy 因為知道 George 很喜歡那裡的景致，所以在他到台北升學前的那一年，Ivy 也特意和他重遊舊地，在晨曦到來之前，在那裡替他慶祝生日。

對 George 來說，那是一個有著特別意義的地方，他也相信憑藉那個位高 500 米的獨特景致，絕對可以令任何人畢生難忘。就是基於這種原因，他最初才會帶可汶在那裡慶祝她的生日，結果也如他所料，他至今仍然記得，她在秘密樓層吹蠟燭許願後，她的笑臉是有多麼快樂滿足，也讓他無比印象深刻。就是從那個時候開始，他才重新記起，自己原來也有能力，去讓另一個人得到幸福，自己也是一個可以去愛人、值得讓對方尊重和欣賞的普通人。

為什麼直到現在，自己才又再重新記起，這些應該要好好記住的純粹與初心？

清晨六點，他終於趕到大樓的最高層。在暗處靜候了一會，等酒吧的清潔人員下班離開後，他立即走進職員通道，打開暗門再走上秘密樓層。

其實他不能完全肯定，可汶會在秘密樓層等待自己，因為他就只帶她來過一次，不知道她是不是還記得如何避過其他人的注意，走上秘密樓層。但是他真的不知道，還可以在哪裡找得到她，而且他也已經有很長時間，沒有來過這裡。夾雜著期待與懷念的心情，他吸了一口氣，然後輕輕將秘密樓層的大門推開。

只見天色還是一片漆黑，但在天台的盡處，有著一點兒亮光，隨著可汶緩緩轉身，光線也變得越來越明亮。

原來她的雙手，捧著一個點燃了蠟燭的生日蛋糕，她一邊輕唱生日歌，一邊向著他慢慢走近。

只見她的笑臉，在燈火的映照下，變得格外明亮耀眼。那一刻，他感到自己的心，終於可以安然著地。他向可汶走過去，想要將她擁抱入懷，只是可汶仍是雙手捧著蛋糕，當生日歌終於唱完，她輕輕對他笑說：「你快點許願吧。」

他只好依她所說，閉上眼默默許願。她拉他走到天台一旁，拿出預先準備好的紙碟和餐具，又請他為生日蛋糕輕輕切下第一刀，然後就由她接手將蛋糕分成兩等份。他微笑問她：「你在這裡等了很久嗎？」

「你說呢？」她笑著回道，又問：「你去了哪些地方找我啊？」

然後他告訴她，這個凌晨去過尖沙咀、旺角、銅鑼灣、深水埗，最後幸好在這裡找得到她。她一直帶著微笑，沒有說話，然後將分好的蛋糕放到他面前，再從背包拿出兩瓶啤酒，交到他的手上。過了好一會，她對他這樣說：「辛苦你來找我了。」

他可以感受得到，她的笑意有著輕微的變化。但是他叫自己不要亂想太多，笑著對她說：「不辛苦……至少你沒有走到去南丫島，否則我就要游水去找你了。」

她搖頭笑了一下，和他有一搭沒一搭地聊起不著邊際的話，過了一會終於將蛋糕吃完。

這時天空開始出現曙光，她拿著啤酒，走到天台的另一邊，看著朝陽快要出現的方向，放下了啤酒，轉身笑著問：「這個天台⋯⋯以前是你和 Ivy 一起慶祝生日，你們會來的地方吧？」

他不想再欺騙她，只好向她點一點頭，說：「有一年，她和我在這裡，慶祝我的生日。」

「你很喜歡這個地方。」

「是的，我想你也會喜歡，所以就帶你來這裡了。」

「謝謝你帶我來呢⋯⋯我也很喜歡這裡的景致。」

「你也喜歡就好。」

「我想，我以後都不會忘記這個地方。」

「嗯。」

「我也會想念，那一片夜空，那一種太陽緩緩升起，耳邊傳來雀鳥剛起床的鳴叫聲，涼風從遠處輕拂而過的感覺。」

「⋯⋯嗯。」

「你可以閉起雙眼嗎？我想送你一份禮物。」

她走到他的身前，笑著對他說。

「現在嗎？」他忽然感到有點難為情，忍不住搔了一下臉頰。

「嗯，但是要請你首先閉起雙眼⋯⋯可以嗎？」

他從可汶的目光裡，感受到無比的熱切與認真。於是他輕輕吸一口氣，微笑一下，將自己的雙眼合上。

然後，她依然沒有稍動，就只是靜靜看著眼前這一個，自己最重視在意，最想去留住最想一起走下去的人。

想起這些日子以來，和他經歷過的每一個深夜凌晨，他為她的世界帶來無數意想不到的色彩與可能。

到最後所有曖昧，那些有過的甜蜜和傷悲，都會隨著時間遠去，而煙消雲散⋯⋯

如果可以早點認識到他，如果可以在其他的情況下，和他巧遇上……

她看看他的嘴唇，又低頭微笑一下，始終沒有再繼續靠近。

始終都未可放過自己。

過了一會，身後傳來一下，輕微的關門聲。

他緩緩張開眼，只見太陽正從遠方的山脈一點一點冒起，晨光迅即佔滿了他的雙瞳，讓他幾乎忍不住要將眼簾再次合上。

接著他回頭環看天台一眼，但是已經無法再找到可汶的身影。

他默然站在原地。

終於知道，她最後留給自己的真正答案。

一小時後，他終於回到自己家裡。

坐在沙發上，回想這個凌晨所發生過的一切，身心只感到無比困倦。

雖然如此，但他還是沒有半點睡意。

窗外不時傳來麻雀的啼叫聲，他心念一動，走上天台，見到在其中一張休閒椅上，擺放著兩件東西。

他走近拿起來看，認得第一件，是他留給可汶的後備門匙。而第二件是一只手錶，是可汶最常佩戴，也和他已經交換過好幾次的皮革手錶。

是告別嗎？還是這才是，她真正送給自己的生日禮物？

但至少你不會後悔，曾經和這一個誰，如此曖昧過。

想到這裡，他幽幽地笑了一下。

微風輕輕吹過。

淚水再也忍不住，留下一道淡淡的痕跡。

終幕

在那天之後，可汶沒有再見過 George 這個人。

只是他們仍然沒有封鎖對方的 Instagram，兩個月後 George 開啟了 Threads 的賬號，他們也有互相追蹤對方。

但是也僅限於此了。

她生日時，他沒有再傳來祝賀訊息。他不時在 IG 分享電影拍攝工作的照片，與合作的演員和導演合照，她也從來沒有按過讚好。

只要還可以看到他過得安好，他仍然會繼續朝著自己的理想邁進，那就已經足夠了。

「你真的覺得足夠嗎？」

千蕙總是會這樣問她。

「其實我和他都不可能會再進一步，可以這樣完結，也是好的。」

「誰說你們不可能啊……他很明顯就是不捨得你。」

「不捨得，但不等於我們可以一起走得更遠，我只是剛好在他最失意的時候，出現在他面前，陪他走一段路……他總有天會重新出發，會找到新的目標、新的未來。」

「你也可以繼續陪他一起走下去啊。」

「但是我也會不甘於此。有天我還是會想起，自己並不是只想去做他的朋友，好朋友，普通朋友。」

「其實你也可以對自己有多點信心，也可以嘗試去爭取啊。」

「如果我們是在這一刻才開始認識的話，我會去爭取。」她看著千蕙，淡淡地笑了一下。「但原來曖昧的開始，也是要看時間，發生得太早，或是太遲，就會留下不一樣的餘韻與創疤，之後也不可能再完整地重新來過。」

「你還是會追求，對方是全心全意地喜歡你吧。」

「或許吧。」

「但是這樣無疾而終，真的很可惜呢。」

「不……其實已經足夠了。」

一年後，George 擔任美術指導的電影，終於在戲院上映。

她在一個星期四的夜深，獨自去到電影中心，買票去觀賞那齣電影。

電影講述男女主角，因為成長的各種際遇，而被迫長時間分隔兩地，然後與不同的人開展了不一樣的人生。

最後女主角選擇和新認識的人在一起，當她擁抱著自己人生未來的另一半時，可汶留意到，女主角右手所佩戴著的，就是自己最後留給 George 的皮革手錶。

她不知道，這代表著什麼含意。

但她再次告訴自己，這樣就已經足夠。

已經不重要了。

. . . .

George 之後也沒有再與 Ivy 有任何往來。

在他生日後的第四天晚上，Ivy 曾經打過電話給他，祝他生日快樂。

於是他們在電話聊了一會，他問她，去美國升學後，一切還算不錯嗎？

然後她才開始透露，自己與阿立最近的關係不太好，阿立認識了新的朋友，很多時候都找不到他。

George 就只是一直在聽，不置一言。

最後 Ivy 提議，聖誕節時可以回香港度假，到時不如約出來再聚再談。

但他沒有答話，過了一會，他輕輕按下終止通話的鍵。

他有點驚訝，為何自己的內心，竟然可以變得如此平靜。

若是以前的話，他最後應該會心軟，就算明知道她只是將自己當成一個救生圈，他還是會不捨得讓她一個人難過，還是會主動地奮不顧身，希望可以再回到她的身邊。

但是現在他只感到她的自私與善變，甚至有一點厭惡。

他知道，自己以後不會再因為 Ivy，而有太多情緒牽動。他的心已經不會再屬於這一個人。想到這裡，心裡有一種豁然開朗的感覺，只是下一秒鐘，又感到有些失落。

是因為什麼原因，而會有這種轉變？是因為哪一個人，而會有這點失落？

他看著右手的皮革手錶，他很清楚答案。

只是已經不能夠再告訴她。

・・・・・・・・・・

偶爾，千蕙會向可汶提出請求，想可汶帶她到最高大樓的秘密天台，看日出或日落。

每一次，可汶總是會找不同的理由或藉口婉拒。千蕙知道她不想重遊舊地，漸漸也不再勉強。

只是第二年，在 George 生日的那一天黃昏，可汶還是不自禁地，一個人回到那個天台，看著夜幕低垂。

她知道那一天，不會在天台見到他，因為他跟隨電影的拍攝團隊去到台南工作，她可以在 IG 看到，他剛才還在奇美博物館和朋友打卡。

那為什麼還要回到這裡，為什麼還要一個人思念，另一個不會知道自己仍會思念的人？

就只是一時緬懷吧，她這樣告訴自己。

然後，她就一直俯瞰維多利亞港的夜色，直到夜深，直到那一天終於完結。

當她離開大樓，準備踏滑板回家時，見到傅浚也踏著滑板，一副正準備要離去的模樣。

「你為什麼會在這裡？」她滑行到他的身邊，問他。

「剛巧經過而已。」

他淡淡地說，右腳微伸，以相同的速度，伴在可汶的身邊前進。

她知道他言不由衷，但是也不勉強再問，就正如這一年他突然自學滑板，然後技術變得比她還要好，她也沒有過問一句原因。

經過了這些年，她開始明白，有些事情，有些答案，真的沒必要去過問。如果可以一直留在心裡，就繼續安守那一個位置，這樣才有機會真正天長地久。

「想不想喝咖啡？」

「好啊。」

然後，他改變方向，往深水埗的路上滑行。

她默默跟在身後，看著他的背影，跟自己說，不要再想更多。

• • • • • • • • • •

George 後來就只碰見過可汶一次。

那天是冬至，他跟導演開完會議，一個人冒著夜雨，打算乘巴士回家。

他沒有帶傘，飄雨不停落在他的頭髮與外衣上，但是他也沒有在意。

迎面而來的，都是趕著回家做冬，或是忙著避雨的途人。

他獨自穿梭其中，心裡感到有點孤單，只是他又安慰自己，一定是因為天氣轉冷了，所以才會忽然有這樣的愁緒。

然後他走到一個紅綠燈前，站著靜待綠燈亮起。

然後下一秒鐘，他忽然聞到一股熟悉的香氣。

曾經在某個地方，某個時刻，他感受過這一種氣氛，這一種感覺。

他微微移動頭顱，循香氣的方向看去，只見自己的右側，站著一個他一直想念的人。

她的身旁還有一位男性朋友，他們正熱烈討論，待會要去哪裡吃晚飯。她說她想吃韓式火鍋，而她的朋友則說，冬至就是應該要去吃中菜才合乎傳統。

他緩緩將視線放回前方，放到交通燈上，不敢稍動，不想為她帶來任何一點打擾。他輕輕地呼吸著，那點柔和溫暖的木質味道，繼續細聽她與朋友的說笑打鬧，心裡只想眼前這盞紅燈，不要太快完結。

以後就只有這一個人，可以和你如此曖昧，可以讓你念念不忘。

但到最後，紅燈還是如期變成綠燈，她還是邁起了腳步，與身邊的人，往馬路的另一邊前進。

他依然沒有稍動，就只是默默看著，那一個很久不見的背影，一步一步離自己遠去。

然後，綠燈轉眼又變回紅燈，她的身影就快要消失在人海之中。

然後，他對她微微笑了一下，轉身回頭，往相反的方向飄然遠去。

而她一直都沒有回頭。

告訴自己，已經足夠。

後記

曖昧有很多種，
有些曖昧最後會在一起，
有些曖昧從一開始就已經知道，
再如何不捨，也不會有結果。

你知道，
他不是一個可以認真的人，
他心裡有一位未可放下的誰，
但你還是對這個人無法自拔。
你可能試過勇敢靠近，
也試過很快便選擇放棄，
有時你會假裝自己沒認真過，
漸漸你又會寧願以朋友的身分，
讓自己可以留在對方身邊，
去對他好，去等他發現你的好。

但對一個人好，
並不保證對方有天會感動，
也不等於哪天醒來，

他會終於變得喜歡你。
或許，偶爾他會因為你的好，
而回報一些本來不屬於你的溫柔。
偶爾你可以成為他的依靠，
你是他那天心裡最想要見到的人。
但當你以為，或開始猜想，
這是不是另一種形式的細水長流，
你們是不是終於開始建立，
屬於你們之間的默契，
對方可能又會變得若即若離，
或是用一種沒有言語和文字的方式，
放慢節奏、疏遠距離，
來一點一點讓你接受或承認，
又或該說是重新提醒，
你們之間始終的不可能。

只是接受了自己的不可能，
不代表就會學得懂轉身離開。
你依然會是他的朋友，
他還是會在需要的時候，
用朋友的身分來向你依賴。
有些人會繼續默默守在身邊，

然後漸漸也忘記，
自己本來並不是想以朋友的身分，
和對方一起走到最後⋯⋯
有些人會嘗試鼓起最後一次的勇氣，
踏前一步，為自己爭取最後一次，
但求可以真正知道，一直以來，
自己最不捨最在意的這個人，
其實有沒有喜歡過自己，
有沒有也想要和自己在一起⋯⋯
同時間也是給自己一次機會，
去好好面對自己的感情，
去憐惜與體恤那一個，
其實就只是想要去愛人和被愛的自己。
即使明知道，
最後也是不會得到想要的結果，
而在這次踏前一步之後，
你們可能也不會再有任何往來。

然後有天，
你或會想通一件事情。
原來有些感情，有些曖昧，
如果發生在不一樣的時間，

遇上不一樣的順序，
最後可以有截然不同的結果。
並不是你真的不值得對方的喜歡，
並不是你一直以來所付出過的一切，
真的不值得留住或珍惜，
不值得對方給予同樣的喜歡與認真，
其實就只不過是時間不對，
就只不過是我們如今都無法再去重新開始。
曖昧這回事，往往會給我們一個錯覺，
以為彼此從來都沒有確認過什麼，
以為我們就只是有過一段不明不白的曾經，
以為這一切的似有還無，
可以輕易地抹去或推倒重來，
但其實那些曾經，
還是會一樣刻蝕在回憶與靈魂深處，
然後繼續影響我們之後的每一個決定。
有些人一旦錯過就不再，
有些人一旦曖昧過，
以後你就無法再用平常心，
去面對或回憶這一個，
你最後也無法認真確定的誰。

最初構思這個故事，原本是想描寫，
可汶如何因為 George 而忘記自己的初心，
由原本追求一段明確直接的愛情關係，
到最後變得不再尋求對方的確認與答案。
希望透過她的故事與遭遇，
嘗試和大家一起探討和思考，
一個人在感情關係裡，
會漸漸變得迷失的原因和可能性。
只是寫著寫著，隨著其他角色逐漸出現，
腦海又開始冒出不同的想法，
不一樣的走向……
結果花了比預期中要長的時間，
才可以完成這次書稿，
抱歉讓大家等了（喂有人等嗎）……

最後，謝謝你們看到這裡。
這一年的世界變化得太快，
彷彿一不留神，
就會失去一些重要的人與事。
希望你們能夠一切安好，
可以和想見的人再見，

可以將心裡的說話好好傾訴，

不會留下太多遺憾，不會再讓彼此錯過。

Middle

2025.04

深夜
曖昧告白　　　　　　　　MIDDLE 作品 16

深夜曖昧告白 / Middle著. -- 初版. -- 臺北市：
春天出版國際文化股份有限公司, 2025.06
　　面；　公分. -- (Middle作品 ; 16)
ISBN 978-626-7637-93-7(平裝)

857.7　　　　114005326

版權所有・翻印必究
本書如有缺頁破損，敬請寄回更換，謝謝。
ISBN 978-626-7637-93-7
Printed in Taiwan

作　　　者		Middle
總 編 輯		莊宜勳
主　　編		鍾靈
封 面 設 計		克里斯
排　　　版		三石設計
出 版 者		春天出版國際文化股份有限公司
地　　　址		台北市大安區忠孝東路四段303號4樓之1
電　　　話		02-7733-4070
傳　　　真		02-7733-4069
E － m a i l		story@bookspring.com.tw
網　　　址		http://www.bookspring.com.tw
部 落 格		http://blog.pixnet.net/bookspring
郵 政 帳 號		19705538
戶　　　名		春天出版國際文化股份有限公司
出 版 日 期		二〇二五年六月初版
定　　　價		370元
總 經 銷		楨德圖書事業有限公司
地　　　址		新北市新店區中興路二段196號8樓
電　　　話		02-8919-3186
傳　　　真		02-8914-5524